NARRATIVA

882

Zineb Mekouar

IL PASSAPORTO VERDE

Romanzo

TRADUZIONE DI
GIUSEPPE MAUGERI

EDITRICE NORD

Titolo originale
La poule et son cumin

ISBN 978-88-429-3510-0

In copertina: foto © Westend61 / Getty Images
Art director: Stefano Rossetti
Graphic designer: Riccardo Gola / PEPE *nymi*

IL PASSAPORTO VERDE

A questa gioventù che si libera e vive appassionatamente.

A mia nonna.

Solo quando ho scoperto che la libertà della mia infanzia era un'illusione, che la vera libertà mi era già stata rubata, ho cominciato a sentirne la sete.

NELSON MANDELA,
Lungo cammino verso la libertà

PARTE PRIMA

BENVENUTA A CASA

1

Giovedì 22 dicembre 2011

Fatiha non sa come rispondere alle argomentazioni di Soufiane. Si sente quasi sollevata quando all'improvviso lui si alza, posa cento dirham sul tavolo e se ne va senza dire una parola. Le pizzicano gli occhi, muore dalla voglia di strofinarli ma non è una buona idea, il mascara colerebbe, disegnandole in faccia due cerchi neri. Non esiste che finisca per sembrare un gatto bagnato. Deve preservare la poca dignità che le è rimasta. La coppia seduta al tavolo accanto si è goduta lo spettacolo della loro conversazione e adesso aspetta solo il gran finale: vederla andare in pezzi. Ma Fatiha non ha nessuna intenzione di far loro questo regalo.

In cuor suo, rivolge una serie d'insulti a Youssra, augurando ogni male a lei, ai suoi discendenti e persino ai discendenti dei suoi discendenti. Quella ladra bugiarda le ha venduto il mascara spacciandolo per Chanel. « Ti assicuro che è originale, il venditore del suq di Derb Ghallef me l'ha giurato sui suoi due figli. Dai, prendilo, te lo passo a metà prezzo. » Chanel un paio di palle. Quel venditore del cavolo ha mescolato kohl cinese con alcol di pessima qualità e ha scarabocchiato Chanel sul flaconcino per venderlo a dieci volte tanto. Youssra dev'essere in combutta con lui. Ha cercato d'infinocchiarla! Lei, la sua amica! La sua coinquilina! Gliela farà pagare. Fatiha fa un respiro profondo, si gira verso i vicini di tavolo alla sua destra, rivolge loro un largo sorriso ed esce ostentando un portamento che immagina trasudi dignità.

Già le due e mezzo. Fatiha è in ritardo per il turno in ospedale. Fa niente. L'unica cosa che importa è capire cosa le ha appena detto Soufiane. Le ha spiegato le sue ragioni senza nemmeno avere il coraggio di guardarla, senza nemmeno toccare il tajine di pollo alle olive, il suo piatto preferito. E non ha chiesto nemmeno scusa per le due settimane di silenzio. Cioè da quando ha saputo del bambino. Eppure era stato lui a voler fare l'amore « come si deve » e non soltanto « da dietro », come al solito. Era stato lui a spingerla contro il muro dietro l'ospedale e a dirle: « Ti voglio », come nei film comprati di contrabbando al suq di Derb Ghallef. Fatiha aveva risposto che pure lei aveva voglia, ma dovevano aspettare il matrimonio. Lui non aveva voluto saperne: « Ma se ti ho detto che la prossima settimana ti presento i miei genitori e avrai la benedizione di mia madre! » La motivazione della madre era stata determinante: non si legge forse proprio nel Corano (o in uno degli hadith,* non ricorda più) che « il paradiso è sotto i piedi della madre »?

Alla fine, però, Fatiha non ha conosciuto i genitori di Soufiane. Prima si è ammalata la madre, poi la nonna, poi il padre. E, una mattina, si è sentita male anche lei. Dal momento che aveva vomitato tutta la notte e che il ciclo era in ritardo di qualche giorno, Youssra le ha consigliato di fare un test di gravidanza. Positivo. Ha chiamato subito Soufiane per dargli la buona notizia e a quel punto lui è sparito dalla faccia della terra. Dopo diversi giorni di silenzio, quindici chiamate perse e altrettanti messaggi in segreteria ignorati, lo ha contattato da un nume-

* Raccolte di parole e atti del Profeta. (*N.d.A.*)

ro sconosciuto. Ma, riconoscendo la voce, Soufiane ha riattaccato. Allora, Fatiha si è ripromessa di non telefonargli né scrivergli più. « Un po' di orgoglio! » si è affrettata a commentare Youssra. Poi, senza nessuna spiegazione, lui le ha dato appuntamento al minuscolo caffè vicino all'ospedale. Lei è arrivata in anticipo e ha scelto uno dei tavolini in fondo, così che potessero parlare in santa pace, ma il posto era così affollato che non c'era nemmeno da sperarci. Soufiane è entrato con la faccia arrabbiata e le ha fatto segno di restare seduta. Ha preso il posto più lontano da lei e, tutto d'un fiato, le ha spiegato che i suoi genitori non avrebbero mai accettato quell'unione perché lei non era vergine e il bambino sarebbe stato figlio del peccato. Poi ha battuto il pugno sul tavolo e inveito contro la nuova Mudawwana, sostenendo che era opera di miscredenti che confondono tutto, e che non vedeva il motivo per cui a una donna spettasse il diritto di divorziare e prendersi la metà delle proprietà del marito. Così dicendo, si è alzato.

Per Fatiha, è troppo. Un fardello ricolmo di problemi. È seriamente in ritardo e il solo pensiero della giornata che la aspetta le fa venire il mal di testa.

Alla fine, decide di non andarci, in ospedale. Fa dietrofront e torna a casa. Youssra non è ancora rientrata. Fatiha crolla sul divano e sospira. *Ho pure votato per gli islamisti,* avrebbe dovuto rispondergli. Anche lei è una brava musulmana: lui non è mica il solo ad avere una morale, cazzo. Cerca di trovare argomenti per ribattere al discorso di Soufiane, ma il mal di testa peggiora in fretta e, per cercare di scacciare i pensieri, Fatiha accende la TV. Mentre le immagini scorrono, le viene in mente che la madre di Youssra è una veggente riconosciuta e che potrebbe avere una pozione per far ricredere il padre del bambino che porta in grembo. O per uccidere l'embrione. Una delle due cose, insomma.

Alla fine, tra il mal di testa, gli occhi che piangono e il prurito che non accenna a diminuire, non le importa più di niente.

2

I ritardatari del volo per Copenaghen si accalcano all'imbarco, sudati, zaino in spalla, troppi. L'hostess di terra sospira. A Parigi la puntualità non è scandinava. Kenza è seduta col passaporto marocchino in mano e con lo sguardo vuoto. Aspetta da tre ore ed è ormai in quello stato confusionale che s'instaura durante le lunghe attese, quando il tempo non conta più e il cervello va in cortocircuito.

Un nodo le stringe lo stomaco, accompagnato da un groppo in gola. Deglutisce a denti stretti. Da piccola, quando le chiedevano quale fosse il suo colore preferito, rispondeva sempre verde. Ora, però, lo detesta, soprattutto negli aeroporti quando, al controllo di frontiera, bisogna individuare la propria fila. A destra, i passaporti francesi ed europei in generale. A sinistra, il resto del mondo. A destra, bordeaux. A sinistra, verde. A destra, la libertà di andare praticamente dove vuoi. Il suo sogno. Ma per questo devi essere francese, allora sì che Parigi l'accoglierebbe. Gli agenti della prefettura non si permetterebbero più di parlarle come se potessero cacciarla dalla Francia con uno schiocco di dita. Una voce, quella di un membro dello staff della Royal Air Maroc, la riscuote dai suoi pensieri: « Signora, va a Casablanca? Stiamo iniziando le procedure d'imbarco. Siamo spiacenti per l'attesa ».

Kenza si alza, si avvolge la sciarpa intorno al collo e si avvia verso il gate G20 trascinandosi dietro il trolley.

Porge il passaporto e la carta d'imbarco alla hostess di terra, e lancia un'ultima occhiata al gate G21, quello del volo per Copenaghen. Le sarebbe piaciuto tantissimo essere europea, una cittadina rispettabile e felice di vivere lì! Mentre ricaccia indietro le lacrime, viene riportata alla realtà dalla voce del comandante che accoglie i passeggeri in arabo.

« Carne o pollo, signora? »

Kenza esita tutte le volte che lo steward le rivolge questa domanda. Cerca di guardare i piatti che ha di fronte, ma i sedili sono troppo stretti: sembra che i progettisti dell'aereo ci provino gusto, a impedire ai passeggeri di farsi ispirare dai vicini. Spera le capiti un tajine. La cucina marocchina le è mancata, a Parigi, ma, la volta (l'unica) in cui ha assaggiato quello che lì chiamano « couscous royal », si è ripromessa di non ordinarlo mai più in Francia. Mescolare merguez, pollo e manzo... Seriamente, chi lo farebbe mai?

« Allora, signora? Carne o pollo? »

Lo steward picchietta il dito sul carrello. Kenza lo sente aggiungere in dialetto arabo: « Quant'è lenta, questa... » Sta per rispondergli pure lei in arabo, ma poi ci ripensa: *Mi ha preso per una straniera, approfittiamone.* « Carne. E del vino rosso. Grazie. »

Accento parigino impeccabile. Lo steward le porge un vassoio e una bottiglietta di vino. Agnello con prugne e albicocche, il suo tajine preferito. Kenza versa il vino in un bicchiere, brinda da sola alla sua salute e ne prende un sorso chiudendo gli occhi.

« Agnello e vino rosso, ottima scelta. »

« Grazie. »

È il vicino di destra, un giovane biondo sulla trentina, dall'aria cordiale. Deve aver visto comparire la fossetta sulla guancia di Kenza, sopra il neo. Appare ogni volta che sorride, spingendo gli estranei a rivolgerle la parola. L'uomo aggiunge: « Amo il mix di culture diverse. Ah, il Marocco! È la prima volta che ci vado. E lei? »

« No. Per me no. »

3

L'aeroporto Mohammed V è pieno di gente. Kenza procede verso i controlli. Sorride e consegna il passaporto all'agente e al suo volto di pietra. Solo i baffi sembrano dotati di vita, dal momento che qualche pelo si agita per scacciare una mosca.

L'agente apre la prima pagina e, quando scopre con chi ha a che fare, sgrana gli occhi, mentre i baffi rivelano denti bianchi e grigi. « *Salam, Lalla* Kenza Chérif Falani. È per caso parente di *Sidi* Abbas Chérif Falani, l'ex governatore di Casablanca? »

« Buongiorno, *Sidi*. Sì, è mio nonno. »

« Quand'ero giovane, era uno degli uomini più potenti del Paese. Come vola il tempo! Guarda un po' che meraviglia di nipote si ritrova, che Dio ti preservi. Con la tua carnagione bianca e il tuo portamento sembri quasi una straniera. Tuo nonno ha fatto un lavoro eccezionale per questa città. Lui sì che è un vero *chorfa*.* Ecco la nobiltà di cui ha bisogno il Paese, se no crolla. » I baffi cessano di muoversi. Le rughe intorno agli occhi scompaiono e le labbra, quasi invisibili sotto i baffi, si fanno serie. L'agente unisce le mani in grembo, come per iniziare una preghiera o un pisolino. « Senti, ma è *Sidi* Abbas che ha perso il suo unico figlio in un incidente aereo mentre andava alla Mecca con la moglie, vero? Saranno passati almeno venticinque anni, ormai, o forse trenta... magari però sto facendo confusione. »

Dietro di lei, gli altri passeggeri in coda iniziano a spazientirsi; qualcuno sbuffa, altri si lamentano.

L'agente non si è sbagliato. Kenza non si aspettava che tirassero fuori questa storia appena rientrata in Marocco. Eppure sa che qui il suo nome significa qualcosa. Gli occhi si appannano mentre lei si sente rispondere: « No, è proprio lui. Erano i miei genitori ».

L'agente sembra pietrificato. Kenza gli rivolge un cenno del capo, lui le timbra il passaporto e glielo restituisce facendole le condoglianze.

Lei fa un sorriso forzato. « Grazie, sono passati

* Termine dialettale per *Chérif*, appellativo riservato ai discendenti diretti del Profeta. (*N.d.T.*)

molti anni, ormai; praticamente non li ho conosciuti.» Avanza in fretta e porge il passaporto a un secondo agente, poco più in là.

«Chérif Falani... è parente dell'ex *wali* di Casablanca?»

Lei annuisce, riprende il passaporto dalle mani dello sconosciuto e, finalmente, si ritrova davanti al nastro del ritiro bagagli. Sa che fuori la aspetta Ali, l'autista di suo nonno. Non vede l'ora di ritrovarsi al caldo, sprofondata nel sedile in pelle, e di chiedergli di mettere su uno dei dischi della nonna.

4

Le otto di sera. Youssra entra in soggiorno e per poco non inciampa nella prolunga. « Allora? »

Fatiha dormiva, apre gli occhi a fatica. « Il tuo mascara mi ha provocato una reazione allergica tremenda, sarà meglio che mi rimborsi. » Si alza, sparisce per qualche secondo in bagno e riemerge con un asciugamano annerito dal kohl. « Tua madre è disponibile, stasera? Ho bisogno di una divinazione rapida. Mi ha mollata. »

Di notte, i vicoli che portano a Hay Hassani sembrano tutti uguali. Perciò guida Youssra, che nel quartiere c'è cresciuta e non ha problemi a schivare i bambini che giocano a calcio con lattine di cibo scaduto. Arrivate dalla veggente, Fatiha è sorpresa dal numero di clienti che aspettano nonostante l'ora tarda. Youssra entra nella sala di consultazione senza bussare. Vedendola, sua madre accorcia la divinazione che stava facendo, dopodiché mette un po' di carbone su un turibolo, lo accende e fa segno a Fatiha di mettercisi sopra, lasciando che il profumo salga verso l'inguine. La *chouafa* recita due brevi versetti del Corano, tira fuori un taccuino e una penna e chiede a Fatiha il nome e la data di nascita dell'amante, la sua data di nascita e i nomi delle rispettive madri.

«Soufiane, nato il 15 maggio 1982. Sua madre si chiama Naïma. Io sono nata il 13 agosto 1986 e mia madre si chiama Milouda.»

La veggente aggrotta la fronte e scarabocchia una serie di numeri sul taccuino. Fatiha intravede addizioni e sottrazioni.

Quindi la donna esclama: «Certo che ti ha lasciata! Le vostre vite non seguono affatto lo stesso cammino. Dovevi venire a trovarmi prima di fare qualsiasi cosa con quel figlio di un cane. Tornerà in ginocchio, ma è destinato a un futuro catastrofico. Mi bacerai la fronte e i piedi per averti liberata di lui».

Fatiha non sa se ringraziarla o chiederle a che genere di futuro catastrofico è condannato Soufiane.

La vecchia fa una specie di smorfia che dovrebbe somigliare a un sorriso. «Non preoccuparti per tuo figlio, ho quello che ti ci vuole.»

Fatiha non riesce a non chiederle: « È un maschio? »

« Sì, ma non affezionartici troppo. Con quello che ti darò, non resterà a lungo con te. »

5

Ali ha sempre lo stesso aspetto, con quegli occhi a mezzaluna rovesciata, la calvizie incipiente e i capelli brizzolati. Solo le guance sono più incavate. Quando vede Kenza, apre la portiera posteriore, *salam, chrifa*. Lei sorride. Non appena mette in moto, l'autista le domanda in arabo: « Quale album, *chrifa*? »

Kenza, con gli occhi chiusi: « Quello rosso, per favore. E pigia quattro volte a destra il pulsante del volume. Grazie ».

Il pianoforte attacca dolcemente. Le sue labbra seguono la cadenza di Pierre Bachelet: « *Elle a... de ces lumières au fond des yeux* ». Conosce i silenzi, la voce trattenuta, infine l'energia che si sprigiona nel ritornello. Non può impedire all'immagine di Alexandre di tornarle in mente. I suoi capelli, il suo odore. La sua risata. Il suo sguardo quando ha capito che... *Smettila di pensare a lui. Guarda la strada, gli alberi, i passanti. Smettila...*

Impossibile. E poi, quelle parole maledette che si attaccano ovunque, all'abitacolo e alla sua pelle. Inspira ed espira lentamente, sentendosi meglio finché non arriva il pezzo che dice: *l'amour, pour elle, est sans valeur. Pour moi, c'est sûr, elle est d'ailleurs,* « l'amore, per lei non ha valore. Per me è certo, lei non è di qui ». Kenza si alza di scatto, spegne la radio, si risiede per concentrarsi sul paesaggio. L'auto si ferma a un semaforo rosso, alcuni ragazzini ne approfittano per chiedere l'elemosina o vendere chewing-gum. Lei ne nota uno che avrà circa quindici anni. Tiene un rametto di anice in bocca e una borsa a tracolla. Le mostra i denti bianchi e le fa cenno di abbassare il finestrino, mimando con le labbra: *Voglio solo parlarti.* Incuriosita, Kenza decide di stare al gioco. Con una voce che vuole far suonare roca, virile, il ragazzino le dice: « Quando sei triste, lo sono anch'io. E, se mi sorridi, *Lalla,* mi sorride la vita ». Ha messo così a dura prova le corde vocali che adesso tossisce.

Kenza scoppia a ridere. « Cosa vendi? »

« Chewing-gum, un dirham a pacchetto, ma a te lo vendo a metà prezzo. »

« Dammi tutto quello che hai. » Tira fuori duecento dirham e il ragazzino, entusiasta per il colpo che ha messo a segno, se la squaglia all'istante, come risucchiato dalle strade di Casablanca.

6

La porta del garage si apre, il silenzio lascia il posto ai gridolini di gioia e Kenza sospira. Il ministro dell'Interno francese ha fatto felici almeno due persone: Milouda e suo nonno. Mentre scende dall'auto, si sforza di sorridere. Milouda la stringe tra le braccia, senza smettere di gridare: « Bentornata a casa, *chrifa*. Con te torna la luce ».

Kenza si lascia abbracciare. Poi vede suo nonno; è rimasto impettito davanti alla porta dell'ingresso.

« Finalmente a casa », le dice prima di rientrare.

Kenza attraversa il vialetto di ortensie, le preferite di sua nonna, Mamizou. È un dicembre mite, sono ancora in fiore. Quando le vede, sorride. « Mi manchi », sussurra. Entrando, dice: « Buongiorno, Bassidi Abbas ». Si avvicina, si lascia invadere dal profumo del nonno, un miscuglio di aoud, sigaro e quel sentore che appartiene solo a lui.

L'uomo le bacia le guance. « È bello rivederti sapendo che non dovrai ripartire subito. »

Kenza si versa un bicchiere d'acqua e si siede di fronte a lui.

« La tua stanza è pronta, il camion è arrivato ieri. Ho detto a Milouda di non disfare nulla. Ci sono solo due valigie e tre scatoloni, pensavo avresti tenuto più cose. »

Lei distoglie lo sguardo. Ripensa al suo trasloco, un martedì mattina, poco prima delle vacanze di Natale. Aveva fatto apposta ad andarci in un giorno infrasettimanale, per essere sicura di non trovarci Alexandre. L'aveva accompagnata Rayan e avevano impiegato appena un'ora a riempire gli scatoloni. Il ragazzo aveva fatto la stessa osservazione del nonno: « Pensavo avresti tenuto più cose ». Lei non aveva risposto nemmeno allora.

Ha preso solo i vestiti e alcuni libri, lasciando tutti i suoi mobili, il microonde, la collezione di magneti iniziata il giorno in cui era arrivata in Francia e proseguita nonostante le prese in giro di Alexandre. Ha lasciato anche il dipinto che le piaceva tanto: quello della ballerina che allunga la gamba sulla sbarra di legno prima d'iniziare a danzare. C'è stato tutto nel bagagliaio. Le torna in mente un altro ricordo: Yemna, un'amica di famiglia che vive a Parigi. Le aveva domandato: « Quel francese con cui stai... non ti ha chiesto di sposarlo? Un sacco di gente si sposa per il visto, sai? Guarda mia cugina... Per voi due, invece, è diverso. Vi amate. Che problema c'è? »

Rayan le aveva fatto l'occhiolino e aveva detto: « Ti sposo io, *la fassia*! Sono maggiorenne, posso farlo... »

Però Yemna, aggrottando la fronte, aveva rimesso il figlio al suo posto: « Ma figurati se ti sposa, *oualdi*. Si merita di meglio ».

Kenza aveva preso la mano di Yemna nella propria. « Non è così che voglio ottenere il passaporto bordeaux. Sarò anche stupida, ma non importa », aveva spiegato in dialetto arabo.

Il nonno la riporta alla realtà. « Hai un'aria esausta, vai a riposare. »

E, dopo un breve silenzio, le spiega che quella circolare è assurda e che « il governo di lì » sta combattendo la battaglia sbagliata. Si arrabbia, ricordando di aver firmato di suo pugno un accordo per inviare manodopera in Francia dopo l'indipendenza del Marocco, all'epoca in cui stava ancora al palazzo reale. Usa espressioni fredde e distanti come « tenendo conto della granularità del profilo migratorio » o « l'emergere di una diversificazione sociale all'interno dell'immigrazione storica». Si alza e cammina avanti e indietro, proseguendo la sua filippica. Kenza tiene la testa bassa, ha voglia di piangere. Non vuole una lezione di storia politica, ha solo bisogno di qualcuno che le dica che andrà tutto bene, anche se non è vero. Se solo ci fosse stata Mamizou, lei sì che avrebbe saputo cosa dire. Si asciuga qualche lacrima di cui il nonno non si accorge, impegnato com'è con la sua tirata.

« La stessa cosa è successa al figlio del generale Alami. Cacciato via dall'oggi al domani, senza nessun riguardo per la famiglia da cui proviene! Dovrebbero tenersele care, le loro ex colonie. Lo sai che Cina e Stati Uniti sono sempre più presenti in Africa? I giovani stanno abbandonando il francese per l'inglese o il mandarino... Il soft power, questa è la nuova sfida nelle relazioni internazionali. »

Kenza si alza. « Bassidi, hai ragione, sono stanca per il viaggio, ne parliamo domani? Abbiamo tutto il tempo, ormai. » Bacia il nonno sulla fronte e si dirige verso le scale.

Quand'è arrivata a metà della rampa, lui le chiede: « Com'è finita con tu-sai-chi? »

« Ci siamo lasciati. »

Poco prima di arrivare al piano di sopra, Kenza sente: « Un'altra buona notizia ».

7

La luce della strada entra dalla finestra e illumina i contorni dell'armadio, della cassettiera e del letto. Nella penombra, Kenza cerca il materasso a tentoni, aiutandosi col ricordo degli anni trascorsi lì. Si distende senza spogliarsi, mentre gli occhi si abituano all'oscurità. Sotto il comodino, le due coperte che Fatiha usava come letto durante l'infanzia sono piegate l'una sull'altra. Da bambina, Kenza aveva paura del buio e Milouda aveva costretto la figlia a dormire con lei. Fatiha si era abituata, finendo per preferire la stanza di Kenza alla dépendance mal riscaldata della servitù. Le due bambine si addormentavano sempre mano nella mano, l'una troppo vicina al bordo del materasso, l'altra col naso schiacciato ai piedi del letto. Trascorrevano così, con le dita intrecciate, gran parte della notte, e l'una sembrava sempre più alta dell'altra.

Kenza prende il telefono, nella speranza di trovare un messaggio di Alexandre. Niente. Allora scrive a Fatiha. Non si sentono da un bel po'; be', in realtà era lei a non rispondere ai messaggi.

Sono a Casa. E questa volta non riparto più. Ti racconterò. Vieni qui a pranzo, domani.

Vuole solo dormire. Dal momento in cui ha rotto con Alexandre, l'insonnia la perseguita, si è incatenata alla sua vita quotidiana. Kenza sa come per liberarsene: il più delle volte, il sonno arriva dopo il piacere. Abbassa la mano sul ventre e inizia ad accarezzarsi, con gli occhi chiusi, il dito sul clitoride. Lo immagina dentro di sé, avanti e indietro, aumenta il ritmo, si concentra, nessun orgasmo all'orizzonte, muove un po' i fianchi e le gambe, ancora niente. Ma il suo cervello ha bisogno di dormire, perciò continua a cercare finché non trova un'altra immagine: quella del dopo. Quella del sorriso e dello sguardo di Alexandre dopo che l'ha fatta venire. Gli occhi densi di tenerezza, la bocca piena di sole. È un'immagine che la blocca. Non le piace risvegliare il ricordo della loro intimità per il suo godimento solitario. Si asciuga la mano sul lenzuolo e riprende il telefono. Nessuna risposta da parte di Fatiha. Un po' la infastidisce, ma fa spallucce.

A pochi chilometri di distanza, Fatiha sta vomitando l'anima. Si è chiusa in bagno non appena ha ingerito un liquido nero e viscoso.

«Devi berne un litro al giorno per tre giorni e, se la prima dose non basta, torna qui e te ne darò per altri tre giorni», le aveva detto la veggente.

Quando riesce a riprendere fiato, Fatiha guarda il fondo del gabinetto, sperando di scorgervi il suo bambino.

PARTE SECONDA

INFANZIA

8

Kenza ha vissuto un'infanzia bagnata dal sole e dal mare, cullata dalle canzoni di Mamizou. All'epoca, la musica andalusa si affianca a Jean Ferrat, Dalida, Charles Aznavour, Edith Piaf e Julio Iglesias. Spesso, dopo la scuola, le canzoni di questi artisti risuonano in casa e Kenza si raggomitola alle spalle della nonna, le accarezza i capelli mossi e niente può più toccarla, nemmeno la morte dei suoi genitori.

Un giorno, è la Festa della mamma e Kenza torna a casa in lacrime: perché mi hanno lasciata sola? Ho fatto qualcosa di male? Mamizou la prende tra le braccia e insieme vanno a sedersi vicino all'enorme radio. Kenza riconosce le note di *Les Champs-Élysées*. Mamizou la culla, cantando sottovoce: «*J'avais envie de dire bonjour à n'importe qui... n'importe qui et ce fut toi... il suffisait de te parler pour t'apprivoiser...*» I singhiozzi si fermano, il respiro si stabilizza. Va meglio, adesso. Quando la nonna si alza per andare in cucina, Fatiha si avvicina di soppiatto, fingendo di non vedere i suoi occhi rossi. Col mento in su, una mano sul fianco e l'altra che stringe un foulard giallo brillante, batte il piede per terra. « Bene, ora che tua nonna se n'è andata, che ne dici di togliere questa musica de-pri-men-te? » le chiede in *darija,* il dialetto arabo marocchino. Poi accenna un sorriso.

Kenza si strofina gli occhi e le risponde, in francese: « Non ne capisci niente, tu, di musica ».

Fatiha si lega il foulard intorno ai fianchi. « Ah, sì? Adesso ti faccio vedere io, se non ne capisco niente. Ti faccio ascoltare un po' di musica vera: bisogna proprio insegnarti tutto. » Prende un'audiocassetta dalla tasca anteriore del grembiule, la mette nello stereo e, seguendo il ritmo della darabukka, inizia a cantare insieme con Haja El Hamdaouia. All'inizio Kenza si limita a canticchiare sottovoce, ma poi si lascia trasportare dalle note della canzone popolare.

Sentendo la nipote cantare, Mamizou sorride. Milouda le fa notare in *darija* che le ragazze hanno ritmo, non è vero, *chrifa*? Dopo un istante di silenzio, la nonna alza gli occhi al soffitto (o forse al cielo). Poi, sempre in arabo: « Sì, sono felice di sentirla ridere. È una fortuna che ci sia tua figlia, Milouda. Almeno Kenza ha un po' di compagnia ».

9

Durante la settimana, Milouda accende la luce alle sette e mezzo. Kenza grugnisce e lancia un'occhiata ai piedi del letto. La diverte guardare la smorfia che fa Fatiha, sempre la stessa, mentre si vede costretta ad alzarsi, ancora mezza addormentata, perché sua madre ha fretta di togliere il cuscino dal pavimento e far sparire il letto improvvisato della figlia.

Kenza adora Milouda, le sue mani grandi e il modo in cui si lega il foulard. Come fa a farci così tanti nodi? La donna ne va fiera, una tradizione ancestrale del suo villaggio berbero vicino al confine con l'Algeria. I genitori l'hanno mandata in città a quindici anni, insieme col fratellino Abdellah. Adesso lui vive a Parigi e, ogni anno, con la sua famiglia, passa a prendere Milouda e Fatiha per tornare al villaggio, nei pressi di Oujda, nel Nord-est del Marocco, un posto lontano da tutto, senza acqua potabile né elettricità. Ci vuole quasi un giorno di macchina per arrivarci. Ci rimangono un mese e poi riaffrontano il viaggio. A Yemna, la moglie di Abdellah, piace fare tappa dagli Chérif Falani perché la nonna di Kenza - *la fassia*, come la chiama lei - le regala sempre una valigia di vestiti per il figlio. «Smettila di dire '*la fassia*'. Devi chiamarla '*chrifa*', come tutti gli altri. I suoi antenati discendono dal Profeta! Non hai rispetto per niente!» tuona Abdellah ogni estate. Yemna si scusa in silenzio con Allah. È solo che è troppo difficile immaginare la lunga e intricata discendenza di Sidna Mohammed, si giustifica, con se stessa, con Dio e pure col Profeta. Al contrario, il termine *fassia* indica un'eleganza e un'educazione immediatamente percepibili quando vede la nonna di Kenza.

Quella degli Chérif Falani è stata la prima e unica casa di Milouda a Casablanca. Non ha mai immaginato di cambiare vita. Avrebbe potuto tentare la fortuna in Francia col fratello, che prima lavorava anche lui in casa, come custode. Si sarebbe potuta trasferire dopo il brevissimo matrimonio col padre di Fatiha. Quando Kenza o Fatiha fanno domande sull'argomento, Mamizou e Milouda ripetono con un sospiro che uno così è meglio perderlo che trovarlo. Milouda dice spesso a Kenza: «Non potevo sperare di avere datori di lavoro migliori. Avete la *baraka,* portate fortuna». Poi le bacia la fronte e la mano. Sentendosi a disagio, ogni tanto Kenza ritrae istantaneamente la mano, ma il più delle volte la lascia fare, *è fatta così.*

Al mattino, a Kenza piace ritrovare Bassidi Abbas. Sono ormai anni che ha smesso di lavorare. Per quanto scavi nei suoi ricordi, non l'ha mai visto uscire se non per andare in casa di amici o «a prendere un caffè fuori perché non ne posso più di star qui con le mani in mano, sto per ammattire». Il resto del tempo lo trascorre chiuso nel suo studio al piano di sopra, vicino al telefono. Spesso salta in piedi, troncando una qualsiasi discussione, per correre verso la cornetta. «Non avete sentito il telefono?»

Ma nessuno lo sente mai squillare. Nessuno chiama più sul fisso.

Ogni mattina, la nipote bussa prima di entrare. «Buongiorno, nonno Abbas.»

«Sono Bassidi.»

«Scusa. Buongiorno, Bassidi Abbas.»

Lei entra, chiude gli occhi e inala a fondo il suo

profumo, aoud, sigaro e quel sentore così tipico del nonno. Poi si solleva sulle punte per dargli un bacio, ma lui già la respinge, per ristabilire tra loro la distanza che reputa necessaria.

10

Mentre sta per mettere in moto, Ali si gira verso Milouda: « Posso accompagnare anche tua figlia a scuola, ci metto cinque minuti ».

Come ogni mattina, lei replica, con le mani ancora sporche di pasta di pane: « Ma no, meglio che vada a piedi. Sono solo venti minuti. Alla sua età, mica avevo l'autista, io ».

Le bambine non fanno caso a loro, troppo impegnate a farsi le linguacce o a disegnare sul vetro. Attraverso il finestrino dell'auto, Kenza vede Fatiha che si allontana, che diventa una sagoma fluttuante nel suo lungo grembiule bianco. Prima della curva, scorge altre due sagome vicino a Fatiha. « Sono due amiche mie, Mbarka e Rkia », le ha rivelato un giorno, in dialetto arabo.

Kenza ha avvertito una strana stretta alla pancia e ha risposto, in francese: « Clémence, la mia amica, è meglio di loro ». Da allora, ogni volta che Mbarka e Rkia appaiono in lontananza, Kenza sente sempre lo stesso nodo allo stomaco.

Le due *moussibates,* ovvero « sciagure », come le chiama Milouda, aspettano Fatiha all'ingresso della casa degli Chérif Falani per fare la strada insieme. Fatiha prega perché sua madre non si accorga di loro. « Se vi becco in giro per il quartiere, dovrete vedervela con me. Ho chiesto ai guardiani di tenervi d'occhio », le ripete sempre. In realtà Mbarka e Rkia sono brave ragazze. La prima è bassina, col viso nascosto dietro gli occhiali spessi. La seconda è più alta e, nonostante i suoi undici anni, quasi donna. La vita sottile, i seni già formati, qualche brufolo sulla fronte, la pelle bruna, il sorriso sulle labbra. È stata lei a suggerire di fare la strada insieme, all'andata e al ritorno, così non si annoiano. La verità è che ha paura. Da diverse settimane, ormai, gli uomini ancora ubriachi dalla sera prima la seguono e le parlano una lingua troppo adulta per lei.

In classe, Mbarka viene rimproverata un giorno sì e uno no. Non sa rispondere alle domande nemmeno quando la lezione è scritta alla lavagna, che vede ancora sfocata. Spesso è Fatiha a suggerirle la risposta, forse a voce troppo bassa. Fatiha è più brava degli altri, soprattutto in francese, anche perché tutte le altre materie vengono insegnate in un misto di arabo classico e dialetto. Spesso si deve trattenere per non correggere il maestro stesso, quando pronuncia una frase che suona finta rispetto a come la direbbero Kenza, Mamizou o Bassidi Abbas. Se a scuola le piace parlare il francese, si rifiuta categoricamente di utilizzarlo a casa, in special modo con Kenza. Mamizou ha chiesto alla nipote di assicurarsi che Fatiha raggiunga un buon livello di francese «perché il sistema pubblico marocchino confonde tutte le lingue nella testa di questi poveri bimbi e l'istruzione superiore è spesso in francese». Kenza si è dunque ripromessa di parlare a Fatiha solo in francese, anche quando lei le risponde in una lingua diversa. Sa che tanto l'amica capisce tutto. L'ha sentita parlare davanti allo specchio dell'ampio salone marocchino (quello con lo *zellij*, riservato agli ospiti), pensando che nessuno la stesse guardando. Ha ripetuto più volte una parola che le aveva mostrato il giorno prima: *lapin*, coniglio. Fatiha pronunciava le sillabe cambiando ogni volta intonazione. Dopo diversi tentativi e un ultimo *lapon*, «lappone», era tornata in cucina.

Kenza sa con chi parlare in arabo e con chi parlare in francese. Coi nonni, coi loro amici e coi loro figli si parla in francese, o in un misto, spesso nella stessa frase. Con mercanti, mendicanti, poliziotti, Milouda e Ali, si parla in *darija*. A scuola, non c'è dubbio che Fatiha parli solo arabo, ma nella sua si usa quasi solo il francese, anche con gli amici, tranne durante le lezioni di arabo classico, il venerdì pomeriggio. Pure il telegiornale che guarda il nonno sulla televisione marocchina è in arabo classico. Ed è proprio quell'arabo lì, che non si usa mai nella vita quotidiana, che suo nonno vorrebbe farle imparare. Perciò la costringe a prendere lezioni private il sabato mattina, a casa. A Kenza piacciono perché l'insegnante finisce sempre per raccontarle storie che la fanno sognare. D'altro canto, però, detesta le lezioni del venerdì a scuola. Non essendo marocchina, la sua amica Clémence non le frequenta. Il suo fine settimana inizia prima.

L'ingiustizia che Kenza prova per via dell'arabo classico le si è gonfiata in cuore nonostante tutte le spiegazioni di Mamizou: il governo marocchino ha stretto un accordo con la rete delle missioni francesi tale per cui i marocchini sono obbligati a prendere lezioni di arabo classico fino a un certo livello. Quel giorno, alla parola « missione », Bassidi Abbas è saltato su tutte le furie: « Ti rendi conto che si chiama ancora 'missione'? Le parole hanno un significato! »

Mamizou ha inarcato le sopracciglia. « Al momento, non vedo una soluzione migliore per nostra nipote, e nemmeno tu. Sei stato tu a far intervenire quel tuo amico all'ambasciata francese perché la ammettessero. La scuola americana non era fattibile, chiedevano un livello d'inglese troppo alto. E poi costava il triplo. »

Suo marito si è messo a urlare: « Quella bambina e tutti quelli della sua generazione non devono mai dimenticare che non sono solo i figli della decolonizzazione, sono anche i nipoti della colonizzazione! »

Mamizou non ha battuto ciglio. « Io invece voglio proprio questo. Che se lo dimentichino. »

11

Ogni volta che si parla della scuola di Kenza, finisce che Bassidi Abbas perde la pazienza. Se entra nella stanza mentre Mamizou aiuta la nipote a memorizzare le regioni francesi per un esame, ecco che inizia a brontolare. « Perché mai dovrebbe imparare la geografia della Bretagna? Non sa nemmeno dove si trovi il monte Toubkal. » Davanti allo sguardo vitreo di Kenza, rincara la dose, furibondo: « Non sa nemmeno cos'è, il monte Toubkal! »

Benché abituata al suo atteggiamento, Kenza non si aspettava la sua reazione quando, un pomeriggio, è tornata a casa da scuola canticchiando una melodia imparata quel giorno. Le parole di Charles Trenet, così semplici e dirette, non volevano uscirle dalla testa:

Douce France,
cher pays de mon enfance

bercé de tendre insouciance,
*je t'ai gardé dans mon cœur.**

Le ha ripetute più volte, soprappensiero. Finché suo nonno non è piombato giù dalle scale e l'ha tirata per il colletto. «Smettila con quella canzone del cavolo, è il Marocco il Paese della tua infanzia, non la Francia! Se la melodia ti piace così tanto, allora inventa parole che si adattino alla tua patria!»

In lacrime, Kenza ci ha provato per tutta la sera, a mettere insieme un testo alternativo: «*'Doux Maroc, cher pays de mon époque...'*** » Ma non è riuscita ad andare oltre i primi due versi.

Quanto alle sue convinzioni, Abbas Chérif Falani non è tipo da scendere a compromessi. Era nato a Fès nel 1936. La madre era morta poco dopo, portata via da una malattia sconosciuta, lasciandolo figlio unico di un ricco uomo d'affari che i marocchini sospettavano essere colluso coi francesi, mentre

* Trad. lett: «Dolce Francia,/caro Paese della mia infanzia/cullato di tenera spensieratezza/ti ho custodito nel mio cuore». (*N.d.T.*)

** Trad. lett: «Dolce Marocco,/caro Paese della mia epoca». (*N.d.T.*)

i francesi lo consideravano uno degli istigatori della rivolta nazionalista. Ad Abbas piace raccontare di come suo padre trovasse modi sempre più rocamboleschi per far arrivare da Fès a Rabat le lettere dei nazionalisti marocchini. A differenza del padre, che vedeva nell'impresa privata il modo più veloce per conquistare la libertà, Abbas si era dedicato anima e corpo al servizio pubblico. Entrato da adolescente nel Partito comunista, era poi passato al Partito dell'indipendenza. Era stato il più giovane marocchino della sua generazione a laurearsi all'École National d'Administration, per poi fare il suo ingresso al palazzo reale all'età di ventitré anni, sotto Mohammed V al quale, dopo poco meno di tre anni, era succeduto l'ancora trentenne Hassan II.

All'inizio del 1998, Abbas è ormai nonno da dieci anni, così come da dieci è stato lasciato ai margini dalla politica marocchina, e del tempo trascorso al potere mantiene soltanto il rigore militare. A dispetto del pensionamento forzato, ha trovato nella moglie e nell'autista i soldati perfetti attraverso cui appagare il suo bisogno di dare ordini. Soprattutto l'autista. Abbas ne abbaia il nome enfatizzando la seconda sillaba. Non appena sente la voce del padrone, Ali accorre all'istante, con gli occhi e la testa bassi. E poi, sua moglie. Zouhour Chérif Falani non dice mai di no al marito e questo atteggiamento non fa che indignare Kenza. Eppure, Abbas ama la moglie. Per tantissimo tempo, l'aveva desiderata quasi tutte le sere, e a mezzogiorno tornava a casa con un unico pensiero in mente: fare l'amore con lei. Con l'inverno degli anni, il desiderio si era trasformato in affetto e, nonostante le rughe e la sua incapacità di soddisfarla, quel volto era rimasto la sua unica fonte di appagamento.

Zouhour gli aveva dato soltanto un figlio, a diciott'anni. Le piaceva scherzare dicendo che era tornata a scuola e aveva conseguito il diploma di maturità insieme con lui. Così come le piaceva aggiungere che si era laureata in Lettere classiche francesi a Tétouan lo stesso anno in cui il figlio si era laureato in Matematica a Parigi. Ma aveva smesso di fare battute quando il figlio e la nuora erano andati incontro a una morte così prematura. Quando fissa troppo a lungo il viso della nipote, le vengono le lacrime agli occhi. Non appena se ne rende conto, si asciuga le guance e si lascia sfuggire una risata che riempie la stanza e il cuore di Kenza. Anche Abbas trova che la bambina assomigli a suo figlio. Gli occhi e il naso, soprattutto. Le vuole bene ma si sente a disagio a esprimere il suo affetto. Fa quello che gli riesce meglio: le mostra tenerezza, certo, ma una tenerezza rigida. Alla morte del figlio, ha giurato a se stesso di crescere la nipote come un uomo. Sarebbe diventata ingegnere. O medico. O ministro. Avrebbe frequentato le scuole migliori. Il Polytechnique o la Centrale. La via maestra. Lo aveva giurato a se stesso, alla moglie e, pace all'anima sua, al figlio.

12

Il sabato mattina, Fatiha entra nella stanza dove si tiene la lezione di arabo classico di Kenza, portando un vassoio di tè e dolciumi. Kenza è sempre felice di vederla spuntare e approfitta di quel momento di tregua, perché proprio non riesce a capire il senso d'imparare quella lingua che non le serve né per parlare, né per leggere né per giocare. Dall'alto dei suoi dodici anni, Fatiha si rivolge regolarmente all'insegnante privato esclamando: « Ho studiato queste cose quando avevo otto anni. Buona fortuna con la *Nassrania*! »*

L'uomo si alza, è l'ora della preghiera. Ogni sabato, sentendolo parlare a Dio a voce troppo alta, Mamizou sospira. I suoni che emette somigliano

* La « Nazarena », termine che all'epoca del protettorato designava i cristiani e che poi è rimasto nel linguaggio comune per indicare i francesi. (*N.d.A.*)

a un rantolo e questo sfoggio virile della religione dei suoi antenati la mette in imbarazzo: predilige le silenziose formule sufi apprese dal padre e dai fratelli. Dopodiché arriva il momento che Kenza preferisce. Dopo aver recitato senza sosta - e senza capirci nulla - qualche frase del Corano che l'insegnante le ha chiesto d'imparare a memoria la settimana precedente, la bambina chiude gli occhi e si prepara per ascoltare una storia. Affascinata, si lascia trasportare dalle avventure di Adamo ed Eva, di Mosè, di Gesù e, soprattutto, del profeta Maometto.

Un giorno, l'insegnante di arabo dice una cosa che la incuriosisce. «Tu sei una Chérif Falani, e gli Chérif discendono direttamente dal Profeta.»

Lei lo ascolta con gli occhi sgranati.

«Il Profeta aveva una figlia, Fatima, che a sua volta aveva due figli, Hassan e Hussein. Tutti gli Chérif discendono da uno di quei due figli.» Poi, davanti allo sguardo incantato della piccola, pone fine al racconto.

Non appena l'insegnante se ne va, Kenza salta in grembo alla nonna. «È vero che sono una discendente diretta di Sidna Mohammed?»

La donna sorride e conduce la nipote al piano di sopra. Le indica un quadro appeso sopra la cassettiera, vicino al letto che condivide col nonno. È un documento incorniciato pieno di righe scritte in calligrafia araba. In alto a destra, Mamizou legge il nome del Profeta e quello di sua figlia: *Lalla* Fatima. In basso a sinistra le mostra il nome di Abbas, figlio di Moulay... «Tra i due, si trovano i discendenti chérifiani dei Falani», dice Mamizou. Poi, dopo un istante di silenzio, aggiunge: «Sai, molto, molto tempo fa, i *chorfa* non lavoravano: vivevano solo di offerte. Andavano di casa in casa per portare la *baraka* alle famiglie, per prestare loro ascolto e tentare di trovare, attraverso le parole, una qualche riconciliazione con la vita. Tienilo sempre a mente quando rifletti su chi sei e da dove vieni».

Incredula davanti a una tale scoperta, Kenza si precipita giù per le scale e trova Fatiha che riordina il salone. «Per tua informazione, sappi che sono una *chrifa*. Sai cosa significa? Che sono la...» – si ferma per un istante, prima di continuare – «centesima pronipote del Profeta. O qualcosa del genere.»

Fatiha continua a mettere in ordine i cuscini senza degnarla di un'occhiata.

Kenza le si piazza di fronte, quasi sprofonda nei suoi occhi azzurri. «Hai sentito?»

Fatiha distoglie lo sguardo bruscamente. «*Chrifa dial boukh*, aristocratica da quattro soldi.»

Kenza piange e strilla in maniera esagerata. La nonna arriva di corsa, che succede? La nipote ripete le parole di Fatiha, che è pietrificata dalla paura.

Mamizou, con voce fredda: « Fatiha ha ragione, non è questo che significa essere una Chérif. Chiedi scusa. Conta una sola nobiltà: quella del tuo comportamento ». Prima di lasciare da sole le due bambine, posa uno sguardo più dolce su Kenza. « Avrai tutto il tempo per capirlo. »

13

« Una farfalla! Vieni? » Dimenticando i cuscini del salone e le lacrime finte di Kenza, Fatiha esce in giardino. La nipote degli Chérif Falani tentenna un istante, non sapendo se tenere il broncio o passare oltre; alla fine, decide di raggiungerla. La ritrova sdraiata a pancia in giù, a pochi centimetri da una farfalla bianca. L'animale non sembra essersi accorto della loro presenza e tiene le ali perpendicolari al suolo. Fatiha striscia trattenendo il respiro. Quando la sua mano è abbastanza vicina, piega pollice e indice e, con un gesto preciso, afferra la farfalla per le ali. Si alza e porge la preda a Kenza. « Ecco, ora tocca a te. »

Kenza si stringe nelle spalle e inizia a perlustrare l'erba. « Lo so fare anch'io, che ti credi. Adesso vedrai. »

Compare un'altra farfalla, questa volta marrone. Kenza si accovaccia, si avvicina con circospezione, ma quella vola via all'improvviso. Per cinque volte si lascia scappare le farfalle dalle ali variopinte. Rimasta indietro, Fatiha nota le lacrime - ora vere - sul suo viso. Lasciando libero il suo trofeo bianco, prende l'amica per mano. «Non preoccuparti, adesso ti spiego come si fa. Devi metterti a pancia in giù e respirare lentamente. Eccone una lì, alla tua destra. Avvicinati piano piano; un po' di più, ancora... Ferma. Devi aspettare che chiuda le ali: significa che non si sente in pericolo. Al tre la acchiappi, va bene? Uno... due... tre! Vedi che ci sei riuscita? Adesso lasciala andare, ne troveremo altre.»

In quegli anni, passano le settimane in attesa che arrivi il sabato. Non appena l'insegnante di arabo se ne va, Kenza raggiunge Fatiha in giardino. Spesso giocano a dare la caccia alle farfalle. Nel corso dei mesi, la loro strategia è cambiata, anche a causa di una scoperta che Kenza ha fatto a scuola. «Ti assicuro che le farfalle muoiono, se gli tocchi le ali.»

«Mi sembra strano, però va bene... Come facciamo, allora?»

Viene allestita un'unità di crisi e, dopo una serie di discussioni circa il nuovo metodo da adottare, Fatiha propone di requisire i contenitori di plastica usati da Milouda per conservare la zuppa avanzata. « Così non si rompono... e poi ce ne sono talmente tanti che mia madre non se ne accorgerà. »

Aggiudicato. Ben presto, imparano a padroneggiare questa nuova tecnica.

Quando non inseguono le farfalle, non giocano a dottoressa e paziente, non ballano al ritmo della musica *chaâbi* e non corrono dietro al gatto dei vicini per tirargli la coda, si sdraiano sull'erba, vicino alle ortensie, e fanno progetti guardando il cielo azzurro.

« Cosa farai da grande? »

« La dottoressa dei poveri. »

« Perché dei poveri? »

« Perché ce ne saranno sempre, e io non rimarrò mai senza lavoro. »

Kenza si gira verso quegli occhioni azzurri come l'orizzonte. « Sarai la dottoressa migliore di tutta Casablanca. » Probabilmente lo pensa anche, ma lo dice soprattutto per illuminare lo sguardo di Fatiha.

« E tu? Cosa vorresti essere? »

« Non lo so, è una domanda che mi angoscia. Guarda, il cielo si sta coprendo. Credi che pioverà? »

« Di sabato, il tempo dovrebbe essere sempre bello. »

« Dai, torniamo a casa, mi è caduta una goccia sulla fronte. »

« Aspetta, aspetta solo un attimo. Di′ un po′, siamo come sorelle, vero? »

« Perché ′come′? Siamo sorelle. »

Il viso di Fatiha si scurisce, la luce nello sguardo si spegne. « Non proprio. Be′, non nella realtà. »

Kenza si alza e si siede a gambe incrociate, con la schiena dritta e con gli occhi che sprofondano nell'azzurro abbagliante. « Possiamo fare come ci pare, giusto? Quindi, ti scelgo come sorella. »

Fatiha sorride. « Anch′io. »

14

Un mese prima della festa commemorativa del sacrificio di Abramo, Bassidi Abbas ha incaricato Ali di comprare un agnello. Per tradizione, l'animale arriva solo una settimana prima di Aïd-el-Kebir e le bambine non hanno il tempo di abituarsi alla sua presenza. Per ragioni sconosciute, quell'anno gli eventi hanno preso una piega diversa. Ali ha legato l'animale all'imponente arancio in fondo al giardino, vicino al capanno adibito a ripostiglio. I primi due giorni, Kenza e Fatiha lo studiano da lontano. L'agnello se ne sta immobile per ore, stordito dal sole. Muovendo a stento le orecchie, passa la giornata a ruminare la paglia che Ali gli porta ogni mattina. Il terzo giorno, siccome non ne distinguono gli occhi dal loro punto di osservazione, decidono di avvicinarsi un po' di più. Poi un altro po'. E un altro po' ancora, fino a percepire il tanfo di letame.

« Mi sa che è un montone; guarda, ha le corna », osserva Kenza.

Fatiha sbuffa. « *Haouli o safi, yallah zidi,* è un montone, va bene. Ora vai avanti. »

L'aspetto pallido e la lana che da vicino sembra più fitta rendono le corna meno minacciose. In quegli occhi rotondi, Kenza scorge lo sguardo di un cucciolo e decide di battezzarlo Choupi. Fatiha fa spallucce e poi le due ragazzine - che hanno undici e tredici anni - si siedono accanto al montone e cominciano ad accarezzargli la folta pelliccia.

Fatiha e Kenza hanno preso rapidamente confidenza con Choupi. Al mattino, insistono entrambe perché Ali lasci loro il compito di dargli la paglia. Fatiha è pronta a giurare che Choupi la riconosce, perché bela quando la vede arrivare. Kenza non è d'accordo e si allontana salutando solo il montone. Fatiha si trattiene sempre un po' più a lungo e, con discrezione, ha persino fatto entrare Mbarka e Rkia per presentarle a Choupi. « Che nome stupido! » ha commentato Rkia. Fatiha le ha detto di non parlare se non ha nulla da dire e poi ha cacciato le due *moussibates* prima che sua madre, vedendole, la sgridasse brandendo un sandalo di plastica. Nel pomeriggio, dopo la scuola, Kenza e Fatiha vanno a trovare il loro amico. Lo proteggono dalle mosche, accarezzate dalla brezza dell'Atlantico. Il giorno di Aïd-el-Kebir, implorano di risparmiare Choupi. Ma non serve a niente. Bassidi Abbas dichiara che affezionarsi a un montone è un'idiozia e Milouda dà uno schiaffo a Fatiha perché impari a rispettare Dio. Ali borbotta: « Vi ho ripetuto mille volte di non occuparvi del montone. È un lavoro da uomini: non ci lasciamo intenerire, noi ».

Anche Mamizou sembra indifferente alle lacrime della nipote. Non dice nulla, e per Kenza questo silenzio brucia più di qualsiasi altra cosa. Mentre sgozzano il montone, le ragazze rimangono al piano di sopra, nella stanza di Kenza. Nonostante le imposte chiuse, hanno la spaventosa sensazione di sentirlo belare. Per loro fortuna, non vedono né il sangue né quanto deve penare Ali per recidergli la gola. Gridando, Milouda si precipita in cucina e ne riemerge con un ampio catino di plastica destinato a contenere cuore, fegato, polmoni, testicoli e cervello.

Fatiha e Kenza lo piangono per mesi e, proprio quando cominciano a placarsi, la vita torna a dar loro nuove lacrime. Il 23 luglio 1999, il Marocco si ferma. Mentre la notizia si diffonde in tutto il Paese, i volti si pietrificano e le imposte si chiudono. In seguito, tutti diranno che il monarca ha scelto appositamente di morire di venerdì, giorno santo. Non è forse l'ennesima prova del fatto che per lui le porte del paradiso saranno sempre aperte?

Al rientro da scuola, Fatiha non capisce subito le implicazioni e le conseguenze della situazione. Non appena sente sua madre dire « *moussiba* », giura che Rkia e Mbarka non sono con lei. Ma poi si rende conto che non sono loro, la catastrofe, perché Milouda va e viene dalla cucina graffiandosi la faccia. In salone, Bassidi Abbas è esangue. Anche Kenza è appena tornata da scuola e, nel vedere il nonno in quelle condizioni, scoppia a piangere.

« È morto. Il re è morto », dice Abbas alla moglie, ancora ferma vicino all'ingresso. « È sopravvissuto a due colpi di Stato ma non alla malattia. Possa riposare in pace. »

Quando lo vede cadere, Mamizou riesce a trattenerlo per un pelo. « Milouda! Acqua e zucchero, presto! » grida.

Ordina all'autista di chiudere a chiave tutte le porte dell'abitazione. Lei, intanto, pensa alle imposte.

Il 25 luglio, durante i funerali di Hassan II, i cittadini temono un terzo tentativo di colpo di Stato e che l'esercito possa prendere il controllo del Paese.

Molte preghiere hanno come oggetto il principe ereditario Mohammed VI e diversi stregoni e marabutti maneggiano incenso, pelli di pecora e altri amuleti per proteggere il regno dal malocchio. Il 30 luglio, quando il nuovo sovrano viene posto sul trono, il Paese finalmente respira.

Lo sconcerto ha fatto piangere Kenza e Fatiha il giorno della morte di Hassan II, ma non i successivi.

« D'altra parte, nemmeno lo conoscevo, il re, non posso sentirmi triste », ha detto Kenza a Fatiha.

Suo nonno l'ha sentita e poco c'è mancato che le mollasse uno schiaffo per la prima e ultima volta in vita sua. E non è stato l'affetto a fermarlo, quanto piuttosto il fisico debilitato. Da quando hanno annunciato la morte del suo sovrano, si regge a malapena in piedi. « Devi piangere la morte del tuo monarca », ha sbottato, prima di dirigersi verso il telefono. « Il nuovo re avrà bisogno di me, mi chiameranno di sicuro. »

Fatiha si è beccata uno schiaffo per avere acceso la televisione. « Tutti sono in lutto e tu non pensi che a divertirti », le ha detto Milouda.

Nelle settimane successive, senza consultarsi, Kenza e Fatiha trovano un modo infallibile per condividere il lutto di milioni di loro concittadini. Ogni volta che passano il nonno o Milouda, si mettono a pensare alla macellazione di Choupi. Cercano di ricordare con precisione la testa del montone, i momenti di felicità terminati troppo in fretta, il sangue e quella pelle rimasta appesa alla porta del garage per diverse settimane. In men che non si dica, il loro volto si riempie di lacrime vere e una tristezza profonda ne distorce i lineamenti.

PARTE TERZA

RITROVARSI

15

Mercoledì 28 dicembre 2011

La *chouafa* non vuole sentire storie. Seduta sul tappeto sulle sue enormi natiche, ripete, in arabo e in francese, perché tutti capiscano: « *Mustahil*. Impossibile ».

« Ma, mamma, te lo assicuro: tre e tre. Sei giorni in totale. Diglielo anche tu », ribatte Youssra, implorando a sua volta Fatiha, seduta per terra.

Pallida in volto, la giovane non risponde. Ha passato la settimana a svuotare il corpo da ogni liquido, ritrovandosi più di una volta, dopo coliche insopportabili, letteralmente nella merda. Cosa c'è da discutere? Il test di gravidanza che ha appena fatto non lascia adito ai dubbi: è ancora incinta.

Decidono di passare al livello successivo, quello riservato ai casi gravi. Le tre donne si dirigono verso l'isolotto di Sidi Abderrahman. Alle quattro del pomeriggio, la marea è ancora bassa, possono andarci a piedi. Questo sentiero naturale di acqua, sabbia e pietre è l'unica strada che conduce alla dimora ancestrale dei più grandi stregoni della città bianca. Fatiha ha l'impressione che il sole le flagelli il viso, che si riverberi di proposito sulla spuma del mare con un solo scopo: accecarla, mandarla a gambe all'aria. E ci riesce: per ben due volte, infatti, rischia di cadere. Con una mano sul viso e l'altra sul ventre, si lascia guidare da Youssra. Il calvario ha fine quando le tre donne si ritrovano in un rifugio di pietra illuminato solo da candele. Fatiha riacquista la vista. Di fronte a lei c'è un vecchio dalla pelle scura e dal viso scavato da qualcosa che non è il tempo. Chiama la madre di Youssra per nome e poi, levando gli occhi grigi su Fatiha, le chiede di sedersi. Lei obbedisce e, con l'aiuto dell'amica, si sistema sul pavimento. Rilassa il ventre dolorante e inizia ad accarezzarlo. L'uomo sorride, rivelando denti bianchi e senza età. Le posa entrambe le mani sul grembo e, con le palpebre chiuse, sussurra parole in una lingua a lei sconosciuta. Sembra preoccupato, va a cercare un oggetto in fondo alla stanza: una fiala di liquido giallo. Si strofina la fronte, inspira ed espira due volte. « Un cucchiaino da caffè al mattino in un bicchierone d'acqua. Mischialo a un cucchiaio di zafferano. La stessa cosa la sera e, infine, un ultimo cucchiaino alle tre del mattino. Ripeti finché necessario.» Rimane in silenzio per un istante e poi pianta lo sguardo negli occhi di Fatiha. «Almeno sei volte al giorno, lo devi usare per pulirti il sesso. Fuori e dentro. In profondità. Più ti punge, più avrà effetto.» Si rivolge a Youssra. «Le verrà la febbre. È un buon segno. L'embrione soccombe a un aumento della temperatura, soprattutto se è un maschio. Se ne hai, mettile sulla fronte alcuni impacchi di *zem zem*.* Altrimenti, acqua di fiori d'arancio.»

Durante il viaggio di ritorno, Fatiha sente tutte le buche che ci sono lungo la strada. Youssra compie una deviazione per lasciare sua madre. Uscendo dalla macchina, la *chouafa* mette un piede su una lattina di Coca-Cola e predice un triste futuro per tutti i cani di Casa. Chiudendo la portiera con l'aiuto dell'enorme deretano, le mette in guardia: «Cercate di seguire le istruzioni, stavolta. Se questo rimedio non dovesse funzionare...» Ma poi la por-

* Acqua proveniente dalla Mecca e ritenuta, quindi, sacra. (*N.d.A.*)

tiera sbatte impedendo loro di sentire la fine della frase.

A casa, l'ascensore è guasto. A ogni passo, Fatiha avverte una forte fitta al cranio e al ventre. Col viso contorto dal dolore, si appoggia alla spalla di Youssra. Una volta nell'appartamento, Fatiha sente un conato di vomito e si precipita in bagno. Youssra l'aspetta in cucina con un cucchiaio di farmaco. Fatiha beve d'un fiato il liquido viscoso e giallastro spolverato di zafferano; è un po' amaro, con una nota zuccherina che la sorprende. Sente freddo, s'infila sotto le coperte. Senza mai toglierle gli occhi di dosso, Youssra si affretta a inumidire uno degli unici due asciugamani che hanno in casa con acqua di fiori d'arancio. Fatiha sorride, vorrebbe dirle che la perdona per il mascara, ma si addormenta ancora prima di pronunciare la parola Chanel. Inginocchiata accanto al letto, Youssra le accarezza i riccioli castani finché non le sovviene di non aver seguito alla lettera tutte le istruzioni del vecchio. Immerge l'indice nella fiala e lo spinge a fondo nel sesso di Fatiha, che non si muove. Si lava le mani, si siede vicino al letto e si ripromette di vegliare per tutta la notte sulla sua migliore amica.

Poche ore dopo, Fatiha geme, s'irrigidisce, accelera il respiro e poi vomita sulle lenzuola. Youssra le sta accanto mentre lei ha le convulsioni, allarga le braccia e le gambe, poi si raggomitola in posizione fetale, squassata da un forte dolore allo stomaco. La tempesta passa e la febbre cala, cosa che mette in allarme Youssra. Poco prima dell'orario prescritto, le somministra la seconda dose. Deve aprirle la bocca per farle ingoiare il liquido, ma Fatiha ha la mascella serrata. Allora le tappa il naso, i denti mollano la presa e lei lascia che il farmaco coli lungo la guancia destra mentre le soffia sul viso.

Verso le cinque del mattino, Youssra si tranquillizza nel sentire che Fatiha ha la fronte che scotta. La luce che filtra dalla finestra illumina i solchi lasciati dalle lacrime sul volto dell'amica. Il corpo, inquieto e febbricitante, è scosso dagli spasmi e, come se fosse sul punto di emettere un grido che emerge dalle profondità del mondo, la mascella si allenta e un rantolo roco invade la stanza. Poi, finalmente, silenzio. Il corpo sprofonda in un sonno pesante. Youssra è soddisfatta del risultato. *Presto sarai libera... andrà tutto bene, stavolta.* Bacia la fronte ardente di Fatiha e chiude gli occhi per qualche ora di meritato riposo.

16

Kenza è tornata da una settimana e ormai è rientrata nelle vecchie abitudini. Alle dieci, ancora in pigiama, senza aver fatto la doccia, scende in sala da pranzo e trova la colazione servita. Bassidi? Bassidi Abbas? Arriva Milouda e, in dialetto arabo, dice: « Buongiorno, *chrifa*. *Papik* è andato a fare la sua passeggiata ».

Kenza sorride. Sempre gli stessi modi discreti, lo stesso foulard rosso dai mille nodi. Soltanto il volto tradisce il passare degli anni. La fronte è segnata da una ruga quando si acciglia. Kenza avrebbe voglia di toccarla, quella ruga, e di farla sparire appianandola col dito. Con uno sguardo di disapprovazione, Milouda le tasta i fianchi. « Dovresti smetterla con le diete e mangiare un po' di pane: sei pelle e ossa. La Francia ti ha messo KO! »

A mezzogiorno e mezzo, Kenza ha un appuntamento con Nadia, un'amica delle superiori. Un bicchiere di spremuta d'arancia, due fette di pane tostato e, prima di tornare di sopra, chiede a Milouda: « Hai sentito tua figlia? Non risponde ai messaggi ».

« È molto impegnata coi turni in ospedale. Questo Paese tratta le infermiere come bestie. Se vuoi contattarla, chiama Youssra, la sua coinquilina. Sono inseparabili. »

Alla parola « inseparabili », Kenza capisce che il tempo non si è fermato nemmeno per Fatiha. Si schiarisce le idee. Cerca di ricordare la strada per il ristorante, ma non ci riesce. Si stringe nelle spalle: ci penserà l'autista.

Il viso tondo, la pelle bianca, il sorriso sincero.

« Non sei cambiata. » Kenza si avvicina. Notando il pancione, cerca di nascondere la sorpresa. « Congratulazioni, non avete perso tempo! »

Nadia sorride. « Qui il primo figlio arriva subito dopo il matrimonio, i nostri genitori non la finivano più col loro 'vogliamo vedere i nipoti prima di morire'. Ci siamo arresi. »

A Kenza tornano in mente gli anni delle superiori: Nadia era la più ribelle di tutte.

L'amica sembra averle letto nel pensiero. « Il vero Marocco ti cambia, te ne accorgerai presto, ora che sei tornata.»

Ordinano da mangiare, tornano indietro nel tempo. Nadia si giustifica per essere rimasta in Marocco dopo il diploma. Benché si fosse iscritta in Francia e in Spagna, alla fine aveva preferito studiare Medicina a Casablanca. Problemi finanziari? Decisamente no. Questione di rete sociale, di comodità, di vita. Suo padre aveva insistito con forza perché rimanesse, comprandole un'auto e pagandole diversi viaggi in Asia. Adattarsi al sistema di istruzione marocchino era stato pesante. Per fortuna, c'erano altri studenti che arrivavano dalle principali scuole superiori francesi del Marocco. Avevano fatto gruppo e si erano sostenuti a vicenda. «E poi, l'apertura mentale, ce la creiamo noi», aggiunge Nadia, con un tono che non ammette repliche.

Kenza cambia argomento, chiede notizie sui compagni delle superiori. «Senza volerlo, ho un po' tagliato i ponti.»

Nadia torna a sorridere e racconta gli ultimi pettegolezzi. Clémence fa l'insegnante di yoga a New York e il famoso Salim, che sedeva sempre all'ultimo banco, ha fatto coming-out dopo essersi trasferito a Bruxelles. I genitori non lo hanno accettato, soprattutto suo padre. All'improvviso, Nadia assume un'aria maliziosa. « E Mamoun? E Karim? »

« Ho rivisto Mamoun durante le vacanze. È diventato troppo politicizzato. Quanto a Karim, non ho più notizie da quando ci siamo lasciati. »

Nadia bisbiglia, come se fosse un segreto: « Secondo Selma, la sorella di Karim, anche lui tornerà a vivere in Marocco ». E poi, a voce più alta: « Cosa farai per Capodanno? Sto organizzando una festa con alcuni amici ».

« Vengo con piacere. Mi ero completamente dimenticata che era sabato. »

Nadia va in bagno. Kenza guarda il cellulare. Milouda le ha girato il numero di Youssra. Dopo due chiamate senza risposta, le invia un messaggio.

Ciao, sono Kenza, un'amica di Fatiha. Sono diversi giorni che cerco di contattarla. Puoi dirle di richiamarmi? Grazie.

Nadia è già di ritorno. Kenza sta per mettere il cellulare nella borsa quando lo sente squillare e sul display legge il numero di Youssra. All'altro capo, una voce in preda al panico: « Kenza? Vieni subito. Sta per morire ».

17

Schiena dritta, mascella squadrata, capelli brizzolati: dopo oltre trent'anni di pratica, Marcos García ha ancora lo stesso aspetto di sempre. Parcheggia senza manovrare in un posto auto stretto come una scatola di sardine, scende dalla macchina e dà dieci dirham al custode. Le sopracciglia aggrottate gli conferiscono un'aria severa che mostra solo di rado. Quando lo vede, la receptionist gli fa sapere che la persona che gli ha chiesto appuntamento lo sta già aspettando. Lui si precipita verso lo studio senza salutare nessuno: un atteggiamento, il suo, che solleva un certo stupore in sala d'attesa. Di solito, infatti, si ferma a fare due parole con tutti i presenti. Gli abitanti del posto si fidano di questo spagnolo sui sessant'anni, noto per essere l'ostetrico più in gamba dell'intero Marocco. I suoi grandi occhi verdi sono rincuoranti e, più invecchia, più la sua voce suona rassicurante. Le pazienti dicono che dal suo sguardo traspare una sorta di dolore, segno della sensibilità che manca ai loro uomini. Non possono fare a meno di fare ipotesi sulla vita del loro ginecologo, chiedendosi perché la moglie non gli abbia mai dato un figlio, finendo addirittura per divorziare e andare a vivere con un altro uomo.

Marcos ama il suo lavoro, anche se non ci ha messo molto a comprendere la realtà della medicina. Combattere, ancora e ancora, una battaglia già persa in partenza. «Sono proprio le regole del gioco che ci fregano», gli aveva detto una volta uno dei suoi professori parlando della morte. Allora, quand'è stato il momento di specializzarsi, Marcos ha scelto ostetricia e ginecologia. Aiutare le donne a partorire gli dà l'impressione di poter cambiare le regole, anche solo per un attimo. Benché non creda in Dio, in quei momenti gli sembra di sfiorare qualcosa che gli fa venire le lacrime agli occhi. Ecco perché ama il suo lavoro. E anche per questo ha preso molto male la telefonata ricevuta un'ora prima dalla figlia di uno dei suoi colleghi di più vecchia data, Ghali Bennis.

Nadia Bennis, medico pure lei, gli ha chiesto di eseguire un aborto d'urgenza. Un intervento che Marcos detesta e che effettua malvolentieri, proprio quando non può evitarlo. Alla maggior parte delle richieste che riceve, quali che siano le motivazioni delle pazienti, risponde di no, nascondendosi dietro la legge marocchina, che considera l'aborto un reato. Non può mica mettersi a far l'esame di coscienza davanti a ogni storia che gli raccontano. Accetta di fare uno strappo alla regola solo in rari casi, quando la paziente è raccomandata da una persona influente o da uno dei suoi amici. Più che l'aspetto finanziario che comporta l'assunzione del rischio, a convincerlo è la necessità di garantirsi alleati di peso. Queste operazioni illegali, le esegue nella sua clinica, di notte, col minor numero di testimoni possibile.

Entra nello studio e riconosce subito Nadia Bennis. Ha lo stesso naso lungo del padre. La saluta e poi si fa spiegare la situazione. Su due sedie poste accanto alla finestra ci sono Kenza e Youssra, una col viso nascosto tra le mani, l'altra con lo sguardo perso chissà dove. Fatiha è sdraiata sul lettino, priva di sensi. Ha un colorito grigiastro, le palpebre arrossate, le braccia penzoloni. Il medico le si avvicina, ascoltando con attenzione le informazioni che gli sta dando Nadia.

« Venticinque anni. Prima gravidanza. Sei settimane circa. Secondo l'amica qui presente » – accenna col capo a Youssra – « ha ingerito diversi liquidi allo scopo di eliminare l'embrione. Ha perso conoscenza stanotte. Ha avuto la febbre alta, ma al momento la temperatura è scesa.» Poi, dopo un attimo di silenzio: «Penso che abbia una forte intossicazione e che sarebbe meglio iniziare con una lavanda gastrica...»

Marcos García tasta il polso di Fatiha. Ne osserva i lineamenti. Occhi a mandorla, naso disegnato alla perfezione. Pelle appena brunita, quasi dorata. Si gira verso Nadia. «È molto debole, portiamola subito in sala operatoria.»

Kenza si alza, prende il medico per la manica.

E lui, sorpreso: «Prometto di fare del mio meglio».

PARTE QUARTA

GIOVINEZZA

18

Kenza conosce Nadia alle medie e il suo duo con Clémence diventa un trio. A tredici anni, Kenza pensa già all'università ed è preoccupata perché i voti in arabo classico le abbassano la media. Il nonno ha continuato a sostituire l'insegnante privato di turno con un altro « più competente, raccomandato dalle alte sfere ». Ma la successione d'insegnanti-privati-raccomandati-dalle-alte-sfere non ha cambiato affatto la situazione: Kenza proprio non ce la fa. E così, quest'anno, suo nonno non assumerà nessuno. « Devi impegnarti e basta, non è più un problema mio. »

Una mattina, dopo la scuola, Kenza confida le sue preoccupazioni a Clémence. Appoggiata al muro del negozio di telefonia, all'ingresso del liceo Lyautey, la sua amica aspira una boccata di fumo da una sigaretta. Con quei pantaloncini corti, le lunghe gambe dai peli biondi, gli occhi azzurri e la sigaretta in bocca, a Kenza sembra una stella del cinema. « Quanto sei fortunata a non aver bisogno dell'estetista », le ripete spesso.

Clémence fa spallucce, divertita, non immagina nemmeno che il colore dei suoi peli possa suscitare ammirazione. Si sbaglia. La peluria bionda è motivo d'invidia, soprattutto sopra il labbro superiore, dove la ceretta fa più male. « Per mia fortuna, solo i marocchini devono studiare l'arabo classico. Ma ho io la soluzione per te: impara a memoria e ripeti senza cercare di capire », le suggerisce.

A Kenza viene in mente che un tempo aveva applicato lo stesso metodo ai versetti del Corano che il primo insegnante di arabo le aveva chiesto d'imparare.

« Come le canzoni in inglese! » aggiunge Clémence con un sorriso stampato in volto.

A pochi chilometri da lì, suona la campanella di un altro liceo. Quello frequentato da Fatiha e da Rkia Delle due *moussibates*, le due sciagure, ne è rimasta una sola, perché Mbarka, sempre più miope, ha interrotto gli studi alla fine delle medie. « Non vedo niente e non capisco niente. Sono stupida, mi sa che è destino. Mia madre dice che finirò a servizio nelle case degli altri, proprio com'è toccato a lei. Tanto vale iniziare subito.»

Avevano giurato di tenersi in contatto, avevano sputato per terra e si erano tagliate il pollice destro. In meno di una settimana, però, il giuramento eterno era andato a farsi benedire, perché alla padrona di casa presso cui Mbarka aveva trovato lavoro non poteva importare di meno delle promesse, del sangue versato e delle amicizie eterne della sua domestica.

Fatiha e Rkia hanno quindici anni. A entrambe piace mettere l'ombretto blu o verde sulle palpebre. All'uscita dal liceo femminile, si tolgono i grembiuli bianchi e si sciolgono i capelli. Gli uomini del vicinato gironzolano intorno a Rkia, che è sempre sembrata più grande della sua età. Le due amiche hanno mantenuto l'abitudine di fare la strada insieme. Prima di arrivare a casa degli Chérif Falani, si struccano con le salviettine usa e getta acquistate dal vecchio droghiere. L'uomo si liscia i ciuffi di capelli sporchi sulle tempie e sibila: «È vietato! *Haram!* Lo dirò a Milouda!» Ma alla fine non dice mai niente. Prima di rincasare, Fatiha s'ispeziona ogni angolo del viso e si rimette il grembiule. Un giorno, Rkia le dice che non vuole truccarsi più. E lei, stringendosi nelle spalle: « Con quelle tette e col culo che ti ritrovi, non ne hai bisogno ».

Rkia va su tutte le furie e si allontana, non prima di averle dato della puttana. La mattina dopo, la aspetta al solito posto. Camminano fianco a fianco senza parlarsi. Fatiha non si accorge che Rkia indossa un grembiule nuovo, più grande di quello vecchio, e che sta piangendo.

19

Fatiha non sopporta le amiche di Kenza. Con le loro mille richieste, le fanno fare avanti e indietro fra la cucina e il piano di sopra decine di volte. Di « per favore » e « grazie » nemmeno l'ombra, mentre Kenza svia lo sguardo. All'ennesima ordinazione, non ne può più, e allora appoggia rumorosamente il vassoio con sopra il succo e se ne va sbattendo la porta. « Ancora di cattivo umore, la tua domestica? » domanda Nadia, prima di proseguire la conversazione.

Una volta rimasta sola, Kenza si raggomitola nell'atmosfera ovattata della sua stanza. Legge, ascolta un po' di musica, pensa ai genitori che se ne sono andati via troppo presto e a come sarebbe stata la sua vita se fossero stati ancora vivi. Avrebbe avuto fratelli e sorelle? Si sarebbero trasferiti in un altro Paese? In questi momenti non pensa a Fatiha; alla fine sale sul tetto, si accomoda su una delle sedie e offre il viso al sole e al mormorio del mare. Con gli occhi chiusi, non è più niente. Rimane solo quest'universo che non le sembra più così vasto.

Per Fatiha, la solitudine è una tortura. Non capisce gli attacchi di malinconia dell'amica e, al contrario, ha bisogno di ritmo, di vita. Kenza si rifiuta di andare in giardino, persino di sabato: « Ora le farfalle mi danno fastidio e il gatto corre troppo veloce ».

« Vieni lo stesso, ci sdraiamo sull'erba e guardiamo il sole o le stelle... Dai, facciamo quello che vuoi tu. »

« Ma io voglio restare in camera mia. »

« Mi hai proprio stufato. E va bene, allora: rimani in camera tua a deprimerti da sola! »

Per riempire le sue ore senza Kenza, Fatiha esce nel quartiere e chiacchiera con le domestiche dei vicini. Un ragazzo le porge un MP3 con brani di musica *chaâbi*. Il ritmo della darabukka le fa dimenticare il tempo e le faccende di casa. Non se la prende nemmeno quando scopre che non dormirà più al piano di sopra con Kenza: tanto è già da un pezzo che non si addormentano più tenendosi per mano. D'ora in poi, anche lei starà nella dépendance mal riscaldata della servitù. Quanto ai pasti, non è cambiato nulla dal tempo dell'infanzia: lei, Milouda e Ali continuano a mangiare gli avanzi degli Chérif Falani. Da quella volta in cui ha ricevuto uno schiaffo memorabile da Milouda perché voleva le patatine fritte al posto del riso che Kenza non aveva finito, Fatiha non dice più niente, *è così e basta*.

Il giorno in cui Kenza è diventata una donna, Mamizou ha deciso che da quel momento in poi la nipote avrebbe dormito da sola. Milouda ha ringraziato il cielo. Dopo l'arrivo del primo ciclo, Mamizou le ha mostrato come eseguire abluzioni e preghiere. E finalmente Kenza ha compreso, se non proprio il significato, almeno l'utilità dei versi imparati a memoria da bambina. Non appena ha concluso la sua spiegazione, la nonna le ha chiesto di aspettare in camera sua e poi l'ha raggiunta con tre libri che le ha fatto promettere di leggere. Il Corano, la Bibbia e la Torah. Poi, con la massima serietà, Mamizou ha aggiunto che sarebbe stato necessario interessarsi anche alla filosofia occidentale e alla saggezza orientale, e che solo allora, e non prima, Kenza avrebbe potuto scegliere la strada della propria spiritualità. Quel giorno, Kenza ha scacciato una mosca con la mano e ha guardato sua nonna dritto negli occhi. Dal suo tono austero, ha intuito la solennità del momento. Dimenticando il fastidio provocatole dall'insetto, ha promesso.

Kenza guarda le coperte piegate sotto il comodino. Le manca il contatto con la mano di Fatiha. Si gira di schiena, chiude gli occhi, *non ho più bisogno di lei, non ho più paura del buio.* Non si è domandata, né quella sera né più avanti, quando fosse diventata donna anche Fatiha.

20

Il professor Durand apre una bottiglia di *Sidi* Ali e prende qualche sorso d'acqua. Come previsto, ecco che Salim salta su, seduto come sempre all'ultimo banco: « Prof, un po' di rispetto per il Ramadan! »

L'insegnante di francese lo ha sempre saputo: sono tutti degli stronzetti, in questa scuola. Chiude la bottiglia e osserva quelle trenta paia di occhi che lo guardano scandalizzate, anche se poi metà di loro si abbuffa di biscotti in bagno. Persino Clémence, la francese, quella che non digiuna, sembra sconvolta. « Digiunare è una vostra scelta; io sono libero di bere. »

Servirebbe un bel corso di laicità, a questi ragazzini viziati. A volte, tra quelle mura, dimentica di non essere nel XVI arrondissement di Parigi. La verità è che il Marocco lo indispone. Sono ormai dieci anni che insegna al Lyautey e non ne può più di sentir parlare di lezioni preparatorie e di grandes écoles dalla mattina alla sera, dal primo all'ultimo anno. Per sua fortuna, ha imparato a riconoscere i cognomi che contano. Così risparmia tempo quando i genitori vengono a lamentarsi per i voti dei rampolli.

In fondo alla classe sente parlare in arabo. Anche questo lo indispone. I suoi studenti passano da una lingua all'altra, da un modo di pensare all'altro, come se fosse facile, come se tutti potessero farlo, persino l'ultimo degli sfigati. Lui, invece, che è lì da più di un decennio, non riesce a ricordare più di due parole in *darija*. Proprio degli stronzetti, 'sti ragazzi. Distribuisce loro un testo di La Fontaine, spiegando che è essenziale per il diploma. Quando passa davanti a Kenza, si congratula con lei per il suo ultimo tema e poi assume un'aria beffarda. « Anche lei si scandalizza se bevo? »

« Può fare un po' quello che vuole, prof. »

Il professore si ammorbidisce. Gli piace, Kenza. Ha un po' più di giudizio degli altri.

Kenza adora l'atmosfera del Ramadan, il buonumore di suo nonno, felice d'invitare gli amici per rompere il digiuno insieme; Mamizou che dà istruzioni a Milouda per preparare torte della tradizione di Fès; le partite a carte che durano fino all'alba.

Anche lei viene invitata spesso dalle amiche per la rottura del digiuno. Lei e Clémence si divertono a prendere in giro Leïla, la sorellina di Nadia: da quando frequenta la scuola americana, si ostina a parlare solo in inglese.

Fatiha e Rkia stilano la lista di tutto ciò che è proibito durante il Ramadan, basandosi sulle tendenze di quest'anno. Dentifricio, deodorante, fondotinta, elenca Rkia. Si ferma, guarda l'espressione di Fatiha. « Tu, con tutto quel trucco... è impossibile che il tuo digiuno venga considerato valido. »

Fatiha ribatte che, fino a prova contraria, digiunare non significa assomigliare a un cadavere e che, in ogni caso, da quando indossa il velo, Rkia non assomiglia più a niente. Al che Rkia si piega in due, corre verso il bidone della spazzatura più vicino e vomita, sporcandosi il velo e le maniche del grembiule. Quando riprendono a camminare, Fatiha evita di sottolineare che anche il vomito rompe il digiuno. Il Ramadan è un mese di gentilezza e altruismo. Prima di addormentarsi, quella sera, Fatiha getta un'occhiata al soffitto fatiscente della dépendance che è ormai la sua stanza, poi si rassicura dicendosi che ciò che conta veramente è la vita nell'aldilà e che, con la sua buona azione del giorno, si è di certo guadagnata un palazzo in paradiso.

21

Rkia è sempre più strana. Indossa grembiuli troppo grandi e non vuole più fare la solita strada. Soprattutto, ha perso la voglia di ridere. Stufa di quell'atteggiamento, Fatiha si ferma all'incrocio e si mette una mano sul fianco. « Perché non vuoi andare da quella parte? Non possiamo nemmeno passare più dal vecchio bacucco a comprare le salviettine struccanti. Devo pulirmi la faccia coi fazzoletti di carta. Hai incontrato il diavolo, lì, o cosa? »

Rkia crolla a terra e inizia a singhiozzare, senza curarsi del fatto che il velo è ormai tutto macchiato. Fatiha le si siede accanto. Un paio di passanti le guarda storto borbottando qualcosa come « con ragazze come voi, per forza il Paese è spacciato ». All'imbrunire, Rkia si alza tenendosi la pancia, tira su col naso, « andiamo a casa, è buio ». Fatiha la segue senza sapere che, nel vicolo che hanno evitato di prendere, un uomo le sta osservando. Una sigaretta rollata male, le maniche del camice da portiere arrotolate, la patta dei pantaloni aperta. Nella penombra sempre più fitta, si fa fatica a scorgere la mano destra che va avanti e indietro all'altezza del sesso. Con un largo sorriso sulle labbra, poco prima di venire, dice, in questa *darija* a volte così cruda: « È dall'ultima volta che mi eviti, vero, *kahba*, puttana? Dai che ti è piaciuto farti sbattere contro il muro ». Così dicendo, con la mano sinistra sfiora il muro alle sue spalle, e quel contatto ruvido gli provoca un'ondata di piacere. Il movimento della mano destra, intanto, si fa sempre più frenetico. « Se ti acchiappo, ti faccio la festa come l'ultima volta... » Chiude gli occhi ed espira con un rantolo animalesco.

In quel preciso istante, le due adolescenti scompaiono dalla sua vista, inghiottite dalla città.

Il giorno dopo, Rkia non viene. Fatiha la aspetta a lungo, prima d'incamminarsi verso la scuola. Nei giorni successivi, il cielo ha perso la sua luce. Un'oscurità tenace avvolge il cuore di Fatiha e nemmeno la darabukka delle sue canzoni può farci nulla. Le invia diversi messaggi, prova a chiamarla e poi cerca di contattare anche la madre. Dopo una settimana, solo una parola: malata. Fatiha vuole saperne di più, mescola domande e risposte, manda messaggi con preghiere di pronta guarigione. Passano alcuni giorni e, non avendo ricevuto notizie, decide di affrontare quel vicolo: visto che Rkia non c'è, tanto vale approfittarne. Non appena vi si addentra, un respiro troppo vicino al collo le gela il sangue: dov'è la tua amica? Fatiha si gira e vede un colosso dallo sguardo cupo e dalle mani enormi.

« Dov'è? »

« Sta male. »

Lui scoppia a ridere. « Augurale una pronta guarigione da parte mia. »

Quel giorno, Fatiha riceve l'ultimo messaggio di Rkia.

Smettila di scrivermi. A scuola non ci torno.

22

Fatiha non mangia più, non dorme più, ha smesso persino di salutare. L'insonnia e la perdita di appetito la fanno precipitare in uno spazio-tempo in cui nulla ha senso. Il mondo è assurdo, e questa sua convinzione fa sì che accolga senza nessuna emozione il 16 maggio 2003. Una decina di ragazzi sui vent'anni si è fatta esplodere pensando alle madri che li ameranno anche da morti e alle vergini che si faranno in paradiso. Non vedono l'ora di godersi i fiumi di vino che troveranno lassù.* Molti vengono dalla baraccopoli di Sidi Moumen, ma vanno a morire altrove: al ristorante Casa España, all'Hôtel Farah, al vecchio cimitero ebraico, al centro sociale ebraico, al consolato belga, in una pizzeria gestita da un ebreo. Prima di morire, alcuni di loro si chiedono forse come ci siano arrivati, fin lì:

* Sura Muhammad 15, Corano. (*N.d.A.*)

ripensano alla prima volta in cui quell'uomo del Golfo è andato a trovarli per offrire loro uno stipendio per recarsi tutti i giorni alla moschea. Sanno cosa stanno urlando? Vogliono vederli, i volti delle quaranta persone che stanno portando via con sé? Gli occhi, soprattutto gli occhi, lo sguardo di quella madre che, come le loro, non rivedrà mai più il figlio. Gli abitanti di Casablanca sentono le bombe, la terra vibra. In casa degli Chérif Falani chiudono porte e persiane, come per la morte di Hassan II. Bassidi Abbas chiama un suo amico, il generale Alami, che gli passa le informazioni arrivate dall'alto. L'attacco è stato ordinato dalla Salafia, un movimento islamista. Bisogna chiudersi in casa, proteggere i propri cari. Mamizou decide che, per maggiore sicurezza, Milouda, Fatiha e Ali dormiranno nel soggiorno con lo *zellij*. Kenza guarda verso l'amica. « Stai bene? »

Fatiha risponde con un'alzata di spalle: « Cosa vuoi che ti dica, non capisco più niente della vita ».

Mamizou raggiunge Kenza in camera sua. « Hai paura? »

« Non capisco perché i musulmani uccidano altri musulmani. »

«Non chiamarli musulmani, sono terroristi. Questi barbuti non professano la stessa religione dei miei antenati.»

Kenza rimane in silenzio per un momento, chiedendosi ancora perché. La nonna le dà molti dettagli che non ascolta nemmeno. Persa nei suoi pensieri, domanda: «Uccidono pure i *chorfa*? Siamo i diretti discendenti del Profeta anche per loro, giusto?»

Il nonno entra senza bussare. Ha sentito l'ultima parte della conversazione. «Smettila di raccontarle queste leggende, sono tutte baggianate. Non ha più cinque anni. Parlale di avvenimenti storici, di geopolitica, di economia.» Prende una sedia, si siede posto accanto a Kenza, la guarda dritto negli occhi. «Devi abituarti alla complessità. Dietro la religione, che è soltanto la vernice, i terroristi islamici sono il prodotto della guerra e d'interessi politico-finanziari. Da dove viene al-Qaeda?» Si alza, trasportato dal discorso. «Dalla guerra dei sovietici contro l'Afghanistan, tra il 1979 e l'inizio degli anni '90, e poi dalla prima guerra del Golfo, nel 1990-1991. Scommetto che l'occupazione americana in Iraq iniziata a marzo porterà alla creazione di altre cellule.» Guarda la porta, come per rivolgersi a un pubblico più ampio. «Limitarsi a parlare di religione, d'Islam, per spiegare il terrorismo è un malinteso storico, un errore politico. Non fa che alimentare un profondo risentimento verso i musulmani di tutto il mon... »

Non finisce la frase. Kenza si è addormentata e Mamizou ha già lasciato la stanza.

L'indomani, Fatiha va a prendere una boccata d'aria fresca e cerca di capire un po' che novità ci sono in città. Immagina che dal vecchio droghiere potrà saperne di più sull'attentato. Prende il vicolo senza pensarci, si blocca a metà strada, si guarda intorno, nessuna traccia del *jinn*. Prosegue il cammino. All'improvviso, sente una mano sulla spalla.

« Ancora malata, la tua amica? »

« Lasciami in pace. »

L'uomo le si avvicina più del dovuto: Fatiha sente qualcosa di duro all'altezza dei glutei. Lui la spinge e la fa cadere a quattro zampe, col viso a pochi centimetri dalla ghiaia, i palmi e le ginocchia sanguinanti. Poi si allontana ringhiando: « Se ne vuole ancora, sarei felice di occuparmene ».

Lei si alza e corre dal droghiere. Il vecchio bacucco, con le sue ciocche bianche e le orecchie sporche, è l'epicentro della folla che è arrivata dai quartieri circostanti. Ha un'aria soddisfatta. Fatiha si siede su un sacco di patate vicino alla porta e ascolta la conversazione in corso.

« Stanotte, la polizia ha trovato un bambino morto in un bidone della spazzatura del quartiere. Quest'attentato ha ucciso dei bambini! »

Il vecchio droghiere sputa per terra e scoppia a ridere. « Non sono state le bombe. Ogni giorno, decine di bambini vengono trovate morte nei bidoni della spazzatura della nostra amata città. » Poi guarda Fatiha, la indica e aggiunge: « Se ogni bambino abbandonato alla nascita fosse la conseguenza di un attentato, il Marocco avrebbe il record mondiale. È a causa di *moussibates* come questa qui e la sua amica che ci ritroviamo coi bambini dentro i bidoni della spazzatura ». Quindi, rivolgendosi apertamente alla ragazza: « Vedi, specie di sciagura ambulante, dove ci stanno portando le vostre salviettine struccanti? »

23

In seconda, Kenza deve fare una relazione orale sulla nuova Mudawwana. Come la maggior parte degli altri studenti, non ha la minima idea di cosa sia. Il professor Durand spiega con un sospiro: « La Mudawwana è il codice marocchino del diritto di famiglia. Il re Mohammed VI ha deciso di riformarlo per concedere più diritti alle donne. Seguirete l'iter di approvazione di questa legge durante la prossima sessione parlamentare ».

« Ma, prof, le discussioni politiche sono in arabo classico, non ci capiamo niente! »

È stato Salim a parlare. Il professore risponde che, fortunatamente per l'élite marocchina, nel Paese esiste una stampa francofona. Riconoscendo la sconfitta, Salim borbotta: « A ogni modo, mio padre dice che sono tutti dei cani venduti ». Dopodiché, ricade nel suo torpore.

Kenza, intanto, legge il nome del compagno con cui dovrà elaborare la relazione: Mamoun Laraki.

Mamoun viene a trovarla spesso. « Il professor Durand mi ha consigliato di provare a iscrivermi a Scienze politiche e ha detto che questo è un ottimo esercizio per prepararmi », le ha confessato coi suoi grandi occhi castani, col neo sotto il labbro e con la fossetta che si crea quando sorride.

I due ragazzi seguono i dibattiti parlamentari, alla fine dei quali il testo viene adottato all'unanimità. Anche il Partito islamista - a lungo contrario a questa riforma in nome delle « tradizioni musulmane », ma screditato dall'attentato di Casablanca - ha votato a favore. All'unanimità, per giunta. Come previsto, Kenza e Mamoun si accontentano della stampa francofona. Una volta, Kenza ha chiesto a Bassidi Abbas di spiegare loro un dibattito in arabo classico, ma lui si è arrabbiato così tanto - il vostro livello di arabo è davvero pessimo! - che non ha osato riprovarci. Il giorno prima della relazione, Mamoun rimane fino a tardi e lui e Kenza ripetono insieme davanti a Mamizou. Nel mezzo dell'esposizione, Kenza scoppia in lacrime: le donne marocchine si sono appena viste riconoscere il diritto di chiedere il divorzio, siamo nel XXI secolo, merda, perché aspettare così tanto per mettere fine a certe stronzate?

Durante la relazione, elencano i punti più importanti della riforma. Alla frase « la poligamia è soggetta a condizioni che la rendono quasi impossibile », un mormorio attraversa la classe: è un diritto stabilito dal Corano!

Kenza prosegue fino alla conclusione: « Questi progressi sono stati sanciti col supporto di molti argomenti tratti dal Corano. Riguardo alla poligamia, sono stati reinterpretati alcuni versi, in particolare il passaggio: 'Non potrete mai essere equi con le vostre mogli anche se lo desiderate', per mostrare che la legge può evolversi, dato che la poligamia nell'Islam è possibile in teoria, ma di fatto è impraticabile. L'adozione di questa nuova Mudawwana evidenzia l'importanza attribuita all'interpretazione. Il principio dello sforzo giurisprudenziale, o *ijtihad,* permetterebbe di spingersi oltre, non solo verso l'uguaglianza tra uomini e donne, ma anche nel campo dei diritti umani in generale, come il diritto all'aborto o il diritto ad avere rapporti sessuali al di fuori del matrimonio ».

Si alza una voce: «Sesso al di fuori del matrimonio? Sporcacciona!» Salim ridacchia e tutta la classe lo imita.

Il professor Durand commenta: «Esposizione molto chiara». Vorrebbe aggiungere che *la conclusione lascia a desiderare. Non è forse il problema principale dei Paesi musulmani, il fatto che la politica si mescoli alla religione? Se facessero come in Francia nel 1905...* Ma non dice nulla. Ha troppi ricordi in testa. Discussioni finite male col suo grande amore.

La sera, il professor Durand ripensa alle diverse presentazioni e si dice che, per una volta, quei mocciosi viziati hanno lavorato bene. All'improvviso, un senso di tristezza. Ripensa al suo amore. Avevano rotto il giorno in cui le aveva chiesto di sposarlo: «Ma non farò un matrimonio religioso, né in chiesa né pronunciando una frase che agli occhi di questo Paese arretrato mi converta all'Islam». Cosa avrebbe potuto rispondergli, lei? Che la legge la obbligava, che non aveva scelta? Sarebbe dovuta scoppiare in lacrime, come Kenza? Uscire in strada per mostrare tutto il suo disaccordo? Avrebbe dovuto abbandonare il Paese e bruciare il passaporto? Si era limitata a fare i bagagli, portandosi via le sue risate.

Lui non le era corso dietro, non aveva urlato a morte. Quella sera, si era versato un whisky senza ghiaccio e lo aveva mandato giù tutto d'un fiato. Dice bene il vecchio adagio marocchino: si può parlare di tutto tranne che del re, di politica e di religione.

24

Fatiha non balla più al ritmo della musica *chaâbi* mentre pulisce i vetri. Bassidi Abbas non deve più gridare dal piano di sopra: «Abbassa il volume, non siamo al suq!» E Milouda non la prende più a schiaffi perché ha infastidito il padrone di casa. Fatiha evita anche di sbattere il vassoio col succo quando ci sono le amiche di Kenza. Persino Nadia ha detto: «Che cos'ha la tua domestica?»

Kenza è preoccupata per via della storia di Rkia e, senza chiedere il parere di Fatiha, decide che ad agosto andranno insieme a Kabila. Milouda è d'accordo, a patto che poi la figlia la raggiunga per trascorrere almeno due settimane nel suo villaggio. Affare fatto; in ogni caso, dopo Kenza e i suoi nonni sarebbero andati a Marbella. Fatiha viene informata il giorno della partenza. Si direbbe che non le importi granché. Rayan, undici anni e un berretto del PSG in testa, è felice di sapere che la cugina più grande non farà il viaggio con loro, quest'anno. Gli mette paura. Mamizou porge al ragazzo una valigia piena di dolci e vestiti, Yemna gli pizzica l'orecchio perché dica grazie e, subito dopo, s'infila in un'auto col portapacchi pieno di pacchi e pacchetti.

Per tre quarti del tragitto verso nord, Kenza e Fatiha dormono. Il nonno decide di fermarsi per pranzo. Fatiha sembra sempre altrove ma, da qualche parte dentro di lei, nel profondo, emerge un accenno di calore. È la prima volta che pranza allo stesso tavolo di Kenza. Oggi ha persino diritto al suo piatto, invece degli avanzi divisi con Milouda e Ali in cucina. Il suo pollo con patatine fritte la rende felice. E poi non vede l'ora di vedere il mare. L'unico giorno in cui ha provato a immergere i piedi nell'acqua di Casablanca, Milouda l'ha minacciata col sandalo di plastica, ripetendole: « *Haram,* è pieno di delinquenti, lì ».

Durante l'ultima ora di strada, Fatiha dorme e Kenza vede sfilare auto con le targhe europee appesantite da enormi portapacchi. Macchine come quella di Abdellah. Mezza addormentata, si dice: « Solo gli *zmag** viaggiano con così tanta roba ».

* Termine che deriva dall'arabo dialettale *zmagri* (« immigrato ») e che viene utilizzato come dispregiativo per indicare i marocchini residenti all'estero che tornano al proprio villaggio in estate. (*N.d.A.*)

La sua smorfia si trasforma in un sorriso non appena compaiono la pietra bianca e lo *zellij* blu che segnalano l'ingresso di Kabila, un piccolo paesino turistico situato sulla costa marocchina, tra Tétouan e Sebta. Le case sono dipinte a calce, di un bianco che intensifica la luce solare. I soffitti delle stanze non sono alti, le persiane in legno non vengono mai chiuse. Ogni abitazione ha il suo camino, ma il calore risiede altrove, nel viavai di famiglie che si conoscono tutte; nelle risate dei bambini che all'improvviso hanno dieci madri; nell'assenza di recinzioni tra i giardini. Questo paesino è il punto di riferimento di famiglie spagnole che hanno vissuto nella regione e delle famiglie di Fès che ora vivono altrove. Per le famiglie *fassi* dell'alta borghesia marocchina, trascorrere l'estate nel Nord del Marocco è quasi un rito. Nel Nord del Marocco o nel Sud della Spagna. O in entrambi i posti. A seconda dell'umore e - da quando sono stati istituiti i controlli alla frontiera - della data di validità del visto. Quando Bassidi Abbas parcheggia l'auto sotto l'appartamento che hanno affittato, la nonna sospira. « Avremmo dovuto comprare una casa qui quand'eri governatore della regione, Abbas. »

« Se avessi comprato anche un metro quadrato, il ministro dell'Interno dell'epoca avrebbe inventato che avevo derubato il mio Paese. Smettila di rivangare vecchie storie. »

Non appena arrivata, Kenza va a trovare Nadia Bennis, che ha una casa a Kabila. A Fatiha non lascia scelta: « Vieni con me ». C'è anche Clémence, abbronzata e sorridente, col suo bicchiere di sangria. Quando Fatiha si avvia meccanicamente verso la cucina, Kenza le rivolge un'occhiata. « Resta con noi », le dice, prima di riempirsi un bicchiere di rosé. Fatiha si serve un po' d'acqua. Le amiche si raccontano le ultime novità dell'estate. Nadia rivela a Kenza l'identità dei suoi nuovi vicini, la famiglia di Karim Bensouda.

« Guarda, dalla finestra si vede la loro Jaguar », aggiunge Clémence.

Kenza arrossisce, ha sempre avuto un debole per Karim. Nadia sorride, dovremmo invitarlo a bere.

« Voglio organizzare una festa per il compleanno di Fatiha. Sarà l'occasione giusta! » dice Kenza.

« Facciamo a casa mia. I miei genitori non ci sono », propone Nadia.

Tutti gli occhi convergono su Fatiha che, dal canto suo, non ha spiccicato una parola. Potrebbe giurare che, dalla finestra della cucina, la domestica dei Bennis la sta osservando con disprezzo. Non ha seguito la conversazione, si sente vestita come un sacco, con quella felpa grigia che non è nemmeno cotone al cento per cento, i pantaloni rosa della tuta comprati a Mâarif e i sandali di plastica bianca che cerca di tenere nascosti sotto il tavolo. Le trova bellissime, quelle ragazze. Pelle dorata e capelli biondi. La magia dell'estate. Quando Kenza annuncia che « Fatiha ha preso il diploma di maturità scientifica con lode e sì che il livello della matematica è molto più impegnativo nel sistema marocchino », lei non riesce nemmeno a sorridere. Rimane impalata, con gli occhi incollati a quel bicchiere d'acqua troppo trasparente.

Nadia cerca di stabilire un contatto visivo. « Che studi comincerai a settembre? »

Di fronte alla mancata reazione di Fatiha, Kenza si affretta a rispondere: « Non ha passato il test di Medicina per pochi punti. È molto difficile. Mio nonno conosce il preside della facoltà di Casa e l'ha iscritta a un corso per infermiere ».

« Complimenti! » Poi, il silenzio. Un'assenza di parole soffocante. Clémence e Nadia si guardano con la coda dell'occhio. Kenza conosce quello sguardo, lo ha usato anche lei, nel cortile della scuola, per farsi beffe di Salim e dei suoi pantaloni troppo lunghi. Si alza. « Andiamo a farci un bagno, Fatiha non ha mai visto il mare. »

Clémence non riesce a trattenere un « sul serio? » e Nadia, con un tono fin troppo brioso, aggiunge: « Ci siamo state stamattina. Andateci voi, troverete gli asciugamani sul muretto ».

Senza aspettare Fatiha, che si alza troppo lentamente per via del dolore al sedere, Kenza si precipita verso il mare che sembra quasi offrirsi a lei. Quando l'amica la raggiunge, Kenza ha già i piedi a mollo. Fatiha si tiene i sandali e il Mediterraneo, freddo e gentile, le accarezza le dita. Si rilassa e sorride. Le due ragazze camminano fianco a fianco senza parlare.

« Facciamo il bagno? » Fatiha non reagisce, e Kenza capisce. « Non preoccuparti, l'acqua resta bassa per diversi metri, fidati. Se non hai il costume non importa, puoi fare il bagno coi vestiti o con la biancheria intima, poi te ne presto uno dei miei. »

A quel punto, senza più esitare, Fatiha s'immerge vestita nell'acqua gelida. Le onde le solleticano le cosce e poi i seni, mentre avanza in quella vasca smisurata.

« Sta' attenta, fermati dove sei: lì non si tocca più. »

Fatiha obbedisce, torna sui suoi passi. Per la prima volta dopo tanto tempo, ride. Non una risata timida. Una risata fragorosa che, trattenuta chissà dove, finalmente si concede di vivere. Spruzza l'acqua in faccia a Kenza, che contrattacca. Rimangono così a lungo. Fatiha non riesce a smettere di ridere e, tra l'acqua del mare e i raggi del sole che le offuscano la vista, non vede le lacrime che scorrono sulle guance di Kenza.

25

Durante quei quindici giorni di vacanza, non fanno fatica a trovare un equilibrio nella loro routine. Verso le dieci vanno a nuotare insieme. Kenza ha rinunciato a far indossare un costume da bagno a Fatiha: la lascia entrare in acqua vestita. Dopo i primi secondi in cui il freddo del mare le paralizza, i loro corpi riprendono vita, hanno di nuovo nove e undici anni. È l'infanzia: conquistatrice, incondizionata. Prendimi la mano, non aver paura, t'insegno io, apri le braccia, dritte davanti a te, e poi fai un semicerchio prima con uno e poi con l'altro, fino a riportarle parallele al corpo; molto bene, fai lo stesso con le gambe; non ce la faccio, sto bevendo; riprova, ti tengo io, non ti lascio andare, ecco, stai nuotando da sola! Riproviamo finché non ti sentirai completamente a tuo agio. Il bagno finisce inevitabilmente con una battaglia in acqua. Verso mezzogiorno lasciano il Mediterraneo e la realtà riprende il sopravvento. Mentre Fatiha va a preparare il pranzo con Mamizou, per poi mangiare in disparte, Kenza si unisce alle amiche. Si rivedranno solo a tarda sera, e Fatiha ne approfitta per passeggiare sulla spiaggia. Non si stanca mai dell'andirivieni delle onde. S'impedisce di pensare all'anno appena trascorso e a quello che deve venire. Non desidera niente se non poter rimanere per sempre in riva al mare: avrebbe dimenticato persino il suo compleanno, se Kenza non avesse insistito per festeggiarlo.

Gridano: « Sorpresa! » Kenza prende Fatiha tra le braccia e poi fa partire la musica; Mamizou le dice: « Ora sei maggiorenne, congratulazioni! » Bassidi Abbas brontola: « Buon compleanno » e se ne va; Nadia e Clémence si occupano della torta e delle candeline. Karim Bensouda arriva in ritardo. Si presenta con alcuni amici e una chitarra. Tra loro c'è pure Leïla, la sorella di Nadia. Arriva anche un'altra ragazza della stessa età. « È Selma, la sorella minore di Karim. Va con Leïla alla scuola americana », bisbiglia Nadia all'orecchio di Kenza prima di andare ad accogliere gli ospiti. Mamizou se ne va, facendo promettere alle ragazze di non fare tardi;

Clémence beve troppo; di tanto in tanto, Kenza chiede a Fatiha, rimasta con la sua acqua, se si sta divertendo. La domestica dei Bennis continua a portare pizze e torte salate. Ogni volta che torna dalla cucina con un vassoio, lancia un'occhiataccia a Fatiha, che non osa mangiare nulla, lei che non ha mai avuto un buffet servito in suo onore. La serata prosegue sulla terrazza: Karim prende la chitarra e suona diversi brani mentre divora Kenza con gli occhi. La musica e il suono delle onde tranquillizzano Fatiha finché non smette di pensare alla domestica dei Bennis. Osserva Kenza, stregata dallo sguardo di Karim. I suoi occhi si posano poi su di lui e le sue spalle squadrate, i capelli neri piuttosto lisci, gli occhi nocciola. Più tardi, appoggiata al muretto che domina la spiaggia, vedrà Karim e Kenza baciarsi. Chiuderà gli occhi e s'immaginerà al suo posto, fin quasi a percepire le labbra di Karim sulle proprie. La sua lingua in bocca. La sua pelle morbida. Le sue mani sui fianchi. Terrà le palpebre chiuse per un istante, prima di riaprirle sbadigliando e concedersi una passeggiata sulla spiaggia.

Sulla nave per la Spagna, Bassidi Abbas e Mamizou ammirano la vista dal ponte. Kenza, che soffre il mal di mare, è rimasta in cabina. Guardando l'orizzonte, la moglie chiede al marito per quanti punti Fatiha non è riuscita a superare l'esame di ammissione a Medicina.

« Non è vero che non lo ha superato. Ho chiesto al preside della facoltà d'iscriverla al primo anno di Scienze infermieristiche. »

« Perché? »

« E se Kenza volesse iscriversi a Medicina? Potrebbero fare gli stessi studi, ti rendi conto? »

« Kenza non ha nessuna intenzione d'iscriversi a Medicina! »

L'uomo le fa cenno di tacere. Sulla sua fronte, appare una grossa vena. « Lascia fare a me. Fine del discorso. »

26

«Sei qui da tre ore ad aspettare come un tronco d'albero. Il tuo capo è veramente rimbambito», dice Fatiha all'autista di Karim.

Senza attendere una risposta, si dirige poi verso la capanna in fondo al giardino. Ha promesso a sua madre di mettere in ordine il ripostiglio. Non vede l'ora di portare a termine i suoi tre anni di studio e iniziare a lavorare, per avere finalmente il suo appartamento e non dover più sottostare agli ordini di Milouda. Ma per completare i tre anni... mancano appunto tre anni. Deve avere pazienza.

Kenza e Karim sono in casa, al piano di sopra. Di tanto in tanto, Karim lancia un'occhiata ansiosa alla porta della camera da letto. Kenza se ne accorge. «Tranquillo, possiamo restare qui in camera con la porta chiusa. Ai miei nonni non importa. E poi Bassidi Abbas adora tuo padre, mi ha anche detto: 'Karim Bensouda? Ottima famiglia'.»

Karim sorride, ripensando alla sera in cui, rincasando tardi, si era imbattuto in suo padre. « Ti sembra questa l'ora di rientrare? »

Karim era diventato tutto rosso e aveva risposto di essere stato dagli Chérif Falani.

Il padre si era subito ammorbidito: « La nipote di Abbas... Che tragedia, i suoi genitori! A ogni modo, sarebbe perfetta per te, conosco molto bene suo nonno ». Poi la sua espressione era tornata a irrigidirsi. « Prima gli studi: non lasciare che nessuno ti distragga dal tuo obiettivo. Qual è il tuo obiettivo? »

E Karim, guardandosi le mani: « Il corso preparatorio della Louis-Le-Grand, e poi la Centrale. Come te, papà ».

A quel ricordo, una nuova angoscia gli stringe il cuore. Scaccia il pensiero baciando Kenza, prima di gettarla sul letto e iniziare ad accarezzarle i seni. Lei si rialza. « Oggi no, non ne ho voglia. »

« Non hai mai voglia. » Karim le si avvicina, sfilandole delicatamente la gonna.

Lei scuote la testa.

Lui la bacia sul collo e sussurra: « Se è per restare vergine, non c'è problema, possiamo farlo da dietro ».

Kenza non dice niente; si lascia leccare l'orecchio, poi va verso la finestra. Il cane dei vicini ha il muso infilato in una scatoletta di tonno. Quando solleva la testa, la scatoletta gli rimane attaccata alla faccia, facendolo saltellare in preda al panico. Kenza si gira verso Karim e a bassa voce, quasi scusandosi, ripete: «Non ho voglia».

Lo sente sospirare. «Tanto devo andare, ho la lezione privata di matematica tra un quarto d'ora.»

Karim esce dall'ingresso principale. È arrabbiato, ancora in tiro. Per colpa di quello sfigato di un autista non potrà nemmeno menarselo sulla Jaguar. Inspira lentamente, per abbassare la pressione e tutto il resto. Niente da fare. È troppo eccitato. *Cazzo se ti fai pregare.*

In fondo al giardino, vede Fatiha entrare e uscire con le mani piene di scatole da un capanno. Si avvicina. Quando entra, la sorprende girata di spalle: in piedi su uno sgabello, cerca di raggiungere scatole troppo in alto per lei. Non appena lo sente salutare, per poco non cade. Lui allunga il braccio per aiutarla e, con un unico gesto, afferra le due scatole che Fatiha non è riuscita a prendere. I loro volti sono a pochi centimetri di distanza. Karim sente il suo profumo. Lei osserva i suoi lineamenti fini, il naso dritto, le spalle, il petto. Lui posa le scatole a terra e ride nel vedere i jeans tutti impolverati. «Come vanno gli studi?»

Fatiha cerca una risposta spiritosa. Ripensa alla prima lezione di biologia. Il professore, un omone baffuto con un vestito da poco, le aveva lanciato un'occhiataccia. Aveva iniziato a spiegare alle nove in punto, ma gli studenti avevano continuato ad arrivare per la mezz'ora successiva. Tutti in ritardo, avevano lasciato aperto l'ampio portone dell'anfiteatro. Infuriato, il professore si era messo a urlare puntando un indice grassoccio sui ritardatari: « Tu entra e non chiude la porta. Tu entra e non chiude la porta. Tu entra e non chiude la porta. Chi chiude la porta? Io?! » Ridendo per quel francese sgrammaticato, Fatiha si era girata verso il vicino che non aveva capito. Vorrebbe raccontare l'aneddoto a Karim per creare una sorta d'intesa, per dimostrargli che ha senso dell'umorismo e che è intelligente. Ma se lui dovesse trovarlo stupido? Se dovesse considerarla una zotica tra gli zotici in un istituto di second'ordine? « Tutto bene. »

Si gira verso le scatole. Lo sente avvicinarsi, premere contro la schiena. Il suo respiro è sempre più irregolare. Hanno smesso di parlare. Sente la sua erezione, la trova lusinghiera, ricorda la serata a Kabila in cui lui aveva scelto di baciare Kenza. Era il suo compleanno, ma allora non l'aveva nemmeno degnata di uno sguardo. Si era sentita invisibile, persino nel giorno della sua festa, come ogni volta in cui c'è Kenza. Un'ondata di desiderio le arrossa le guance: stavolta Karim sembra averla vista eccome; sorride e chiude gli occhi mentre lui le mette le mani sui seni, accarezzandoli. *Kenza è nella sua stanza, da sola, e Karim è qui con me.* Vorrebbe sporgersi in avanti e lasciarsi andare. È la prima volta. Lui le sussurra all'orecchio: « Non ti ho fatto nessun regalo per il compleanno, e allora eccomi qui ». E le assesta una piccola pacca sulle natiche, prima di aggiungere: « Lo faremo da dietro, non preoccuparti ».

Poi tira fuori dalla tasca un preservativo. Vuole giocare subito, non può più aspettare, ha la vista annebbiata dal desiderio; si dibatte, è una tortura aprire la patta e prendersi il tempo per mettere il preservativo; lei avverte un po' di dolore ma non dice niente: ha il suo orgoglio. Per fortuna il preservativo è lubrificato, ma è una sfumatura che Fatiha noterà soltanto in seguito; dopo averla penetrata, lui viene quasi all'istante; non la accarezza, non ci pensa nemmeno. Lei non prova nessun piacere, ma non lo considera un problema. Dopo aver finito, Karim si sfila il preservativo, lo chiude con un nodo e lo getta in una delle scatole. Mentre se ne va, le fa l'occhiolino. E lei? Lei rimane immobile per qualche istante e poi si lascia cadere su una sedia. Comincia a toccarsi, ripensa alla scena appena vissuta, ricorda il suo respiro, quei pochi va' e vieni, si concentra sul suo sguardo, sulla sua bocca. La memoria decide di andare altrove, di riportarla ancora una volta a Kabila, al giorno del suo compleanno, quando Kenza e Karim erano sulla spiaggia. Fatiha si accarezza immergendosi in quel momento, rivede le due labbra che si baciano e Kenza, così felice di essere la prescelta. La sua mano accelera il ritmo, ancora un attimo, si concentra, immagina la gioia che Kenza deve aver provato quella sera; e poi torna all'immagine di Karim che la scopa in quel capanno di legno. Non Kenza. Lei, Fatiha. Bum. Elettricità, un lieve gemito, un sospiro deliziato. Per la prima volta in vita sua, sperimenta un orgasmo.

Fino al diploma di maturità di Kenza e Karim, e sino alla fine del secondo anno di studi infermieristici di Fatiha, si ritroveranno in quel capanno per dar sfogo ai loro bisogni. Kenza non lo saprà mai. Si sentirà semplicemente sollevata del fatto di non dover più dire di no a Karim. Lui non le chiederà più di fare l'amore e non avrà più sbalzi d'umore. Un vero bravo ragazzo di buona famiglia. Non una volta, penetrando Fatiha, Karim penserà al suo piacere. E lei non avrà bisogno di lui, perché per godere - ancora e ancora - le basterà il pensiero della sua festa di compleanno a Kabila.

27

Kenza non sa mai quale sia la risposta corretta alle varie formule di cortesia arabe. Ne esistono di ogni tipo: quando si è in viaggio, per augurare una pronta guarigione o per proteggersi dal malocchio. Spesso si confonde, tanto da azzardare un *lay selmek* in risposta all'*hamdoullah ala slama* che le rivolge il nonno al telefono. Siccome lui non commenta e passa ad altro, lei crede di aver risposto correttamente e lo lascia parlare, guardandosi intorno in cerca delle valigie.

« Ho chiesto ad Abdellah, il fratello di Milouda, di venire a prenderti. Fa il tassista a Parigi. Ti aspetterà all'uscita e avrà un foglio con sopra scritto il tuo nome. »

« Mi ricordo di lui. Lo vedevo spesso davanti alla porta di casa con la moglie e il figlio. È gentile da parte sua venirmi a prendere. »

Il nonno borbotta: « Non è gentile: è il minimo,

dopo tutto quello che ho fatto per lui» proprio nel momento in cui arrivano le valigie. Sono enormi. Una miriade di ricordi avvolti in due confezioni rettangolari. Kenza mette via passaporto e carta d'imbarco e, col telefono ancora all'orecchio, solleva a fatica la prima valigia per metterla a terra. Poi ripete l'operazione con la seconda. Ascolta con un orecchio solo Bassidi Abbas, che intanto è partito per la tangente, spingendosi lontano. Molto lontano. È tornato al 1963, all'epoca in cui lavorava al palazzo reale. Cita una convenzione franco-marocchina sul lavoro e poi passa agli anni '70: «Ci ho visto lungo ad aiutare quel povero ragazzo. Doveva avere circa venticinque anni, allora, ed era destinato a rimanere un autista o un custode per tutta la vita. Poco prima di lasciare il palazzo reale, gli ho procurato i documenti necessari per lavorare in Francia. Per tentare l'avventura. Avevano bisogno di braccia nell'industria automobilistica e noi dovevamo ridurre la disoccupazione. Dico che ci ho visto lungo perché poco dopo Giscard ha mandato tutto a monte, sospendendo gli ingressi dei lavoratori immigrati».

Alle prese con le sue due valigie, Kenza fatica e suda. Tuttavia, quel venerdì primo settembre 2006 ci sono soltanto dieci gradi. Le lezioni cominciano il lunedì, perciò ha tutto il fine settimana per ambientarsi. Il nonno, intanto, non smette di parlare: «Poco dopo, nel 1976, ho usato i miei agganci al ministero degli Affari esteri per convincere la moglie di Abdellah a raggiungerlo. Sono stati tra i primi a beneficiare del ricongiungimento familiare. Venirti a prendere all'aeroporto, quindi, è il minimo che lui possa fare».

Kenza non ricorda più l'argomento della conversazione. Dice solo: «Certo, nonn... Ehm, Bassidi, capisco. Mi passi la nonna, per favore?» Quando sente sua nonna, le si stringe la gola. Mentre la saluta, la voce vacilla. Poi risponde solo per onomatopee – mmm, mmm-mmm – e cerca di diversificare le risposte, per non farla preoccupare, per non farle capire che sta già piangendo.

«Ti sono vicina, tesoro. Abdellah e Yemna t'inviteranno sicuramente a pranzo prima di lasciarti allo studentato femminile. Accetta, ti farà bene non passare il primo giorno tutto da sola.»

«Mmm.»

«Hanno un figlio, un ragazzino simpatico, imparerai a conoscerlo.»

«Mmm-mmm.»

«Ti mando un bacione. Richiamami, stasera.»

« Mmm. Mmm-mmm. » Kenza riattacca, guarda le sue valigie mastodontiche.

Quando le lacrime smettono di colare lungo quelle sue guance paffute che - loro sì - non hanno mai lasciato l'infanzia, si alza e comincia a camminare, trascinandosi dietro il peso della sua vita precedente. Abdellah la sta aspettando agli arrivi. Ha in mano un cartello su cui è scritto, con una calligrafia infantile, CHRIFA. È pelato, con ai lati dei ciuffi di capelli neri, la pelle opaca, i baffi foltissimi. Negli occhi, lo stesso sguardo di Ali. Abbassa gli occhi, la libera delle valigie.

Una volta in taxi, lei si lascia guidare. Lui la invita a pranzo, come previsto. Kenza accetta e si addormenta. Quando si sveglia, l'auto è ferma a un semaforo. Alla sua destra, un suq. Per un istante, pensa di essere con Ali vicino al suq Lahjajma, poi sente Abdellah dirle, in francese: « Vado a ritirare una ordine al mercato. Puoi aspetta in machina cinque minuti? Io torna ». Parcheggia e scende lasciando il motore e la radio accesi.

Kenza osserva la folla che si accalca intorno alle bancarelle. Vede molte donne velate con addosso le djellaba. I venditori sono uomini. Dietro i banchi, i camion hanno i cassoni aperti in cui entrano ed escono adolescenti vestiti con kamis o in jeans, scarpe da ginnastica ai piedi, scatole di ortaggi o pollame in mano. Sulle bancarelle tessuti, lenzuola, libri in arabo - tra cui molte copie del Corano -, bastoncini d'incenso, piatti pronti. Ha caldo, apre il finestrino, avvicina il naso per respirare, richiude subito, tossisce più volte, soffoca. L'odore è un miscuglio di pollo marcio, tubi di scappamento e verdure essiccate. Kenza ha già sentito quell'odore, ha già vissuto quella scena. Un giorno, dopo il liceo, il suo autista a Casablanca le aveva chiesto di aspettare in macchina mentre andava a prendere un pollo ordinato al mercato. « Proprio come il suq Lahjajma », dice a bassa voce.

Non aveva previsto che la sua prima impressione di Parigi sarebbe stata quella di un quartiere popolare di Casa.

28

Kenza non ha idea di dove si trovi quando Abdellah parcheggia davanti a un edificio grigio con le imposte rotte e sporche. Tutte le imposte di tutte le finestre su tutti i piani. Il palazzo fa parte di un complesso di quattro edifici identici. Intorno, recinzioni e bitume. Qualche albero. Tre adolescenti in felpa, con la testa coperta dal cappuccio o da un berretto dell'FC Nantes, discutono sottovoce. Non appena li vedono, borbottano un *salam* e levano le tende. Abdellah suona al citofono, il terzo bottone dal basso: non c'è scritto niente, solo un cartellino rosso. Kenza fa scorrere lo sguardo sui pulsanti. Molti non riportano nessun nome, solo etichette, bianche o colorate, a volte con un numero, altre con una sorta di firma. Dal citofono emerge la voce di una donna: « *Mrahba!* »

Yemna si asciuga le mani sul grembiule e ripete: « Benvenuta a Parigi! » Assomiglia a Milouda, ha le stesse spalle, lo stesso modo di annodarsi il foulard. La fa accomodare al centro del salone, le sistema i cuscini dietro la schiena e, con la fronte accigliata, urla in berbero al marito di abbassare il volume della televisione. Kenza si guarda intorno: diverse edizioni del Corano, soggiorno e tappeti marocchini, incenso, TV sintonizzata sul canale marocchino 2M. Yemna serve il tè. Poi arriva un ragazzino di tredici anni. Indossa una tuta Lacoste – anche se il coccodrillo ha una testa strana –, scarpe da ginnastica Nike e un cappellino del PSG. È alto per la sua età, ha i capelli ricci e scuri, il volto sorridente e una luce negli occhi. « Ciao! »

« Che piacere rivederti! »

Le si siede accanto. « Sei qui per studiare? Che figata, te ne vai a vivere da sola? Che fortuna! »

Yemna gli assesta uno scappellotto. « Stai zitto! »

Abdellah si alza, brontola: « Preghiera del venerdì ». Guarda Rayan. « Vieni. » Indossa la djellaba e le babbucce e se ne va.

Rayan strizza l'occhio a Kenza, infila un kamis beige sulla tuta e, sempre con le Nike ai piedi, segue suo padre in moschea.

Kenza chiama Fatiha. « Cos'hai? Mi sembra di parlare con un ghiacciolo. »

« Dovevi pensarci prima di andartene e lasciarmi qui. »

Colta alla sprovvista, Kenza riattacca. Afferra il telecomando, spegne lo schermo ancora sintonizzato su 2M. *A Casa non guardavo mai questi canali, non inizierò certo a Parigi,* si dice. Si toglie le scarpe e si sdraia. È mezzogiorno quando si addormenta. Si sveglia due ore dopo, Abdellah e Rayan sono tornati, Yemna ha apparecchiato la tavola. Mangiano in silenzio. Se Kenza prova a dire qualcosa, riceve in risposta solo un sorriso silenzioso.

Rayan scoppia a ridere. « È uno spasso vederti annaspare, ma adesso ti spiego. I *darons* non masticano bene il francese. Devi parlare lentamente, altrimenti non capiscono. Se no gli parli in arabo o berbero, ma mi sa che tu non lo sai, il berbero. Niente, non ti rimane che abbassarti all'arabo! »

« I *darons*? »

« Bisogna proprio spiegarti tutto, *la fassia*. I *darons* sono i genitori. Devi imparare a parlare francese. Non fare come loro, che son qua da trent'anni e non riescono a mettere insieme una frase come si deve. »

Abdellah la accompagna allo studentato femminile e lei si guarda intorno nella sua stanza, nove metri quadrati sfruttati alla perfezione. Un letto singolo. Due cassetti per le sue cose. Una scrivania. Un minifrigo. Kenza pensa a quello che avrebbe detto Fatiha. Un sopracciglio inarcato, la mano sull'anca: *È più piccola della cuccia del cane dei vicini!* Sorride, anche se sente una stretta al cuore. Forse avverte già la mancanza della figlia di Milouda. O forse è la stanchezza. Una volta in cortile, si guarda intorno: una fontana, qualche pianta, uno strato di ghiaia. Nessun rumore. Decide di fare una passeggiata e, in breve, si ritrova davanti al Panthéon. Alla fine di rue Soufflot, una fontana e i giardini del Lussemburgo. Finalmente Parigi. Quella dei libri della biblioteca di Mamizou. Scende lungo il monte di Sainte-Geneviève, s'imbatte nel vecchio edificio dell'École Polytechnique, pensa a suo nonno e ai suoi «corsi preparatori di matematica, poi il Polytechnique o la Centrale, la via maestra». Si era congratulato con lei per essere entrata alla Science Po Paris, ma avrebbe preferito Ingegneria a Scienze politiche. Kenza prende la strada a destra, lasciandosi trasportare dalla novità. Dopo un'ora di cammino, va a fare la spesa. Pasta, riso precotto, prosciutto di pollo, succo d'arancia, camembert. Gironzola tra gli scaffali del supermercato, felice di acquistare prodotti pubblicizzati su TF1 non reperibili in Marocco.

La sera, l'atmosfera è ancora tranquilla. La maggior parte delle ragazze frequenta i corsi preparatori. Diretta in cucina, prende la porta sbagliata, dieci paia di occhi si alzano verso di lei e risprofondano nei libri, Kenza balbetta: «Scusate», e chiude la porta. Trova la cucina. Sono le otto, non c'è nessuno. Non ha mai preparato nulla in vita sua, si sente smarrita, pensa a Milouda, a Mamizou, a Fatiha.

Prima di andare a dormire, chiama Karim. È negli Stati Uniti da dieci giorni e non ha ancora dato sue notizie. Risponde dopo qualche squillo. Con tono distante, le spiega che non tornerà a Casa per diversi mesi e che non potrà venire a trovarla in Francia, «ma non sei sola, lì, Mamoun è stato ammesso a un corso preparatorio in materie scientifiche al Ginette», continua, digrignando i denti. E mentre lo dice torna il ricordo, glaciale: il giorno in cui aveva ricevuto le lettere di rifiuto da parte degli istituti parigini. Suo padre gliele aveva date di santa ragione – sei un buono a nulla, lo zimbello di Casablanca! – con la cintura. Per fortuna, sua madre era intervenuta proponendo un'alternativa. L'America.

« Kenza, volevo parlarti. Penso che dovremmo goderci la vita da studenti. Tanto ci ritroveremo in Marocco: non è poi così grande. A proposito, di' a tuo nonno che lo saluta mio padre. Ora devo andare, a presto. »

29

È sabato. Kenza cammina lungo boulevard Saint-Michel, si ferma davanti a un negozio di telefonia, compra una scheda francese, chiama i nonni. Mamizou le passa Fatiha e Kenza condivide le sue prime impressioni, quanto è piccola la stanza, com'è bello il quartiere. Fatiha risponde a monosillabi più o meno prolungati, quindi restituisce il telefono a Mamizou.

« Fa così perché le manchi. Dalle il tempo di abituarsi alla tua assenza. »

Kenza stringe i denti.

Sua nonna continua: « Ha un'amica, Youssra, con cui ha deciso di trasferirsi quando te ne sei andata. Mi sono offerta di pagarle l'affitto dell'appartamento fino a quando non finirà gli studi. Penso sia meglio per lei non restare qui da sola, ora che non ci sei tu ».

Kenza concorda, cambia argomento e, mentre

prosegue il cammino, riconosce parecchie facce. Molti hanno frequentato le varie scuole superiori francesi in Marocco.

Quella sera, Kenza non è dell'umore giusto per conoscere le sue nuove vicine e va a letto senza nemmeno cenare. Il giorno dopo si sveglia all'ora di pranzo e apre le imposte. Sulla sua scrivania c'è *Lo spleen di Parigi*. Alcune pagine riportano annotazioni di Mamizou risalenti agli anni trascorsi alla facoltà di Tétouan. La grafia della nonna le scalda il cuore.

La cucina risuona di conversazioni e rumori di utensili. Kenza entra col suo pacchetto di riso precotto e col suo prosciutto di pollo affumicato, borbotta un saluto generale che non attende risposta e si avvicina al microonde, davanti al quale ci sono già due ragazze: una bionda, l'altra rossa. Chloé ed Emma frequentano la Henri IV e si stanno preparando per l'esame di ammissione alla facoltà di Economia e commercio. Una viene da Montpellier, l'altra da Lille. Kenza si presenta e racconta tutte quelle cose che si dicono la prima volta che incontri qualcuno. Emma la ferma, mette una mano sulla sua. « Sembra che porti il sole con te a ogni frase! » Chloé aggiunge: « Parli con una cantilena magnifica. Non è proprio un accento, piuttosto un modo di modulare gli alti e i bassi. Lo adoro! » Kenza non sapeva di parlare in maniera diversa da loro. Esagera quello che, per lei, è l'accento marocchino: « Fintanto che non parlo così non è male ». Scoppiano a ridere, pranzano insieme e si danno appuntamento per cena.

La sera, si spostano nella stanza di Emma. L'alcol facilita discussioni più intime, spingendole a condividere i loro problemi di cuore. Chloé confessa di essere ancora vergine, aggiungendo di viverla molto male, questa cosa, perché la fa sentire indietro rispetto alle altre. Emma le mette un braccio intorno alle spalle e le promette che quello sarà l'anno delle scoperte. Kenza annuisce senza fiatare.

Mentre chiude gli occhi, sola nel suo letto, rivive la scena. Sorride pensando a cosa avrebbe detto Fatiha di quella conversazione: *Sei in Francia da due giorni e ti stai già lasciando influenzare. Certo che devi rimanere vergine fino al matrimonio.* O forse non avrebbe detto niente? Il sesso è sempre stato un tabù, tra loro e nella società marocchina in generale. *Zitta,* hchouma, *svergognata,* avrebbe sussurrato di sicuro. Kenza si gira su un fianco. Guarda in basso, immagina le coperte piegate sul pavimento. Vorrebbe tanto che Fatiha le tenesse la mano, che la sua presenza l'accompagnasse sulle rive del sonno. La vista le si appanna. Ha di nuovo paura del buio.

30

Fatiha viene svegliata dalle voci dei venditori ambulanti per strada. Il quartiere non è più quello degli Chérif Falani, ma stare qui comporta un vantaggio: non deve più sopportare sua madre né mestieri da fare. Apre la finestra, contenta di questo squallido trilocale e di questo quartiere popolare. Youssra compare sulla porta, vuoi un po' di caffè? Fatiha si stiracchia, sì. Guarda il materasso sul pavimento. A piedi nudi, va in soggiorno, prende posto su una delle due sedie presenti e, in questa stanza vuota, immagina l'arredamento. A voce alta, elenca gli acquisti futuri: reti per il materasso, un soggiorno marocchino per fare la siesta, un televisore, un computer. Youssra torna con due tazze roventi e borbotta che ci vorranno mesi per comprare tutto. « Mia madre può prestarci un po' di soldi, e mio fratello ci procurerà una TV e un computer a metà prezzo. Quanto al resto, vedremo. »

Fatiha beve un sorso di caffè: troppo caldo. Ammira la vista dalla finestra del soggiorno; se mi sporgo a destra, vedo il custode e il suo vecchio gatto mezzo cieco; fa' attenzione o ti torcerai il collo; è un tipo strano, quel custode, sono sicura che fa il contrabbandiere.

Youssra si alza. « Devo andare, passo dai miei a prendere asciugamani e qualche coperta. »

« Ringraziali per i materassi. »

Youssra non risponde e scompare nella sua stanza.

Fatiha chiude gli occhi. Youssra fa troppo rumore. Sospira e immagina che al suo posto ci sia Kenza. Quando la sua amica d'infanzia tornerà, di certo prenderanno una casa insieme. Il pensiero la fa sorridere, ma poi il viso si serra in una smorfia. Ce l'ha con lei perché se n'andata così lontano, così presto, per così tanto tempo. Quando Kenza la chiama, risponde solo una volta su dieci – lo fa di proposito – e, quando risponde, è deliberatamente fredda. Per farle capire che quest'abbandono, per quanto momentaneo, non passerà inosservato. Fatiha apre gli occhi, vede Youssra che esce dall'unico bagno. « Ho bisogno di un divano letto nella mia stanza per quando Kenza mi verrà a trovare. Forse tuo fratello sa dove trovarlo?»

Youssra scoppia a ridere. «Un divano letto? E perché non una cassettiera d'oro? Coi soldi che abbiamo, riusciamo a malapena a comprarci la rete per il letto. E poi tanto lo sai, che qui non verrà mai.»

31

Nell'atrio, una lunga panca e tavoli brulicanti di gente. Kenza è attratta da un cartello, SCIENZE POLITICHE PER IL MONDO ARABO. Dietro il banchetto, due ragazzi. Quello biondo, con le guance rotonde e gli occhi azzurri, le fa un cenno con la mano. Quando lei si avvicina, distingue meglio l'altro: moro, esile, schiena e naso dritti, sguardo severo. Il biondo si presenta: « Sono David, presidente dell'associazione. Lui è Younes, il vicepresidente. Noi... »

Kenza lo interrompe chiedendogli cosa intendono per « mondo arabo ».

Il moro fa una risatina. « Diciamo che molti membri sono del Maghreb, ma che i temi trattati sono quelli del Medio Oriente. »

Irritata, lei alza gli occhi al cielo. « Il Maghreb comprende realtà molto diverse e... che dire del vostro 'mondo arabo'? Tangeri ha più cose in comune con Granada che con Baghdad. »

David guarda per terra; Younes le chiede di dov'è.

«Sono marocchina», dice lei allontanandosi.

Primo corso. Istituzioni politiche. Il professore vuole che gli studenti siano ben preparati sulla storia della Terza Repubblica. Giro di presentazioni. Il moro dal viso rotondo che le siede di fronte si chiama Julien. Alla sua destra, un tizio dai capelli rossi, Emmanuel. Poi alcune ragazze, Juliette, Léa, Joséphine... e, seduta alla sua sinistra, Aude. Dalla parte opposta della stanza c'è un ragazzo coi capelli corti, Pierre-Yves. L'unico in giacca e cravatta. Ostentando un sorriso altezzoso, si toglie e si rimette l'anello col monogramma. Il suo sguardo vaga per la stanza, accompagnato da una smorfia.

Alla fine della lezione, Aude le dice: «Sei marocchina?»

Kenza annuisce. Scambio di sorrisi.

«Anche mia madre, è ebrea. È cresciuta a Rabat ed è arrivata qui a diciott'anni.»

«Giovedì usciamo con un po' di gente. Sei la benvenuta. Da Chez Georges, rue des Canettes, alle otto.»

Kenza non conosce la storia politica della Francia, del suo sistema giuridico e dei vari organi decisionali. Il Consiglio costituzionale, il Consiglio di Stato, la Corte di cassazione, la destra, la sinistra, niente. L'economia, la storia e i corsi di letteratura opzionali le consentono di avere qualche punto di riferimento. Quando arriva giovedì sera, torna allo studentato per posare i libri, indossa un top elegante e prende la metropolitana fino a Mabillon. Chez Georges la stupisce per quanto è scuro e angusto.

« È una cantina. Fanno per lo più musica francese. Che felicità! » grida Aude dopo averla vista al bancone. « Io prendo una vodka e cola, e tu? »

« Lo stesso! » strilla Kenza per farsi sentire.

Sulla pista da ballo, Kenza riconosce alcune facce. Non ricorda più i nomi, se non quello di Pierre-Yves che, persino lì, è ancora in giacca e cravatta, con lo stesso sorriso imbarazzante e quella sua mania di accarezzarsi l'anello, sfilandolo e rimettendolo di continuo. Lei chiude gli occhi, vuota il bicchiere d'un fiato, conosce tutte le canzoni a memoria, Dalida, Jean-Jacques Goldman, Cloclo... Col passare dei bicchieri e dei minuti, Aude e Kenza cantano sempre più forte, tenendosi a braccetto. Quando il DJ mette su *Les Champs-Élysées*, Kenza si avvicina ai piatti e grida il testo alla folla che ha davanti. Aude si unisce a lei e insieme cantano:

« *Au soleil, sous la pluie...* » Al termine della canzone, Kenza torna ad appoggiarsi al bancone.

« Non te la cavi male al karaoke. Per essere una *beurette,** devo ammettere che sono colpito. »

Lei si gira. Pierre-Yves e il suo sorriso.

Lui continua: « Gli istituti convenzionati preparano bene, a quanto pare ». Richiama l'attenzione del barista, ordina uno shot di vodka, lo beve, se ne va.

Aude ha assistito alla scena. « Pierre-Yves è un poveraccio. Ha preso il cognome della madre, che è italiana, e l'ha francesizzato per darsi un tono. Vuole fare l'aristocratico. Non dargli retta. »

« Cos'è un istituto convenzionato? » domanda Kenza.

« La facoltà di Scienze politiche ha stipulato convenzioni con alcuni licei in aree difficili per diversificare gli accessi e favorire la mobilità sociale. »

* Termine del verlan francese che indica le persone di origine maghrebina, spesso usato in modo dispregiativo. (*N.d.T.*)

32

« La mia settimana è andata bene. Solo che... »

Silenzio. Mamizou è preoccupata. « 'Solo che' cosa, tesoro? »

« Mi hanno dato della *beurette* », dice Kenza tutto d'un fiato.

La nonna tace. La ragazza sa che è in vivavoce e che Bassidi Abbas non dev'essere lontano. Lo sente grugnire e sospirare, come se fosse sul punto di agitarsi. Benché li separino migliaia di chilometri, lei s'immagina perfettamente la scena. Comincia a contare: uno, due... Come sempre, suo nonno tuona una citazione di Hassan II. Kenza sospira nel sentire: « Come si fa a integrare le persone su un piano paritario se continui a chiamarle *beurs*? Del resto, anch'io mi sono sentito dire per anni *bicot* o 'sporco arabo' ».

Kenza non vuole sentire citazioni né discorsi sulla storia o sulla politica, solo un po' di calore. Nonna?

Sua nonna toglie il vivavoce, si avvicina al telefono, lo sfiora con le dita. « Non lasciare che il suo sguardo ti definisca. La sua reazione ti dice più sul suo conto che non sul tuo. »

Zouhour Chérif Falani riattacca, si rivolge al marito, una citazione, sul serio? Abbas tiene gli occhi incollati alla seconda pagina del suo giornale. Da qualche minuto, ormai, ha lo sguardo fisso sulla stessa parola. Ogni volta che cerca di mostrare un po' di affetto a sua nipote, si ritrova a fare commenti razionali, logici, gelidi. Non riesce più a pronunciare niente che venga dal cuore, lui che un tempo scriveva discorsi capaci d'infiammare le folle.

Prima di lasciare la stanza, la moglie aggiunge: « Devi voltare pagina. Gli anni di Hassan II sono finiti e non è nemmeno un male. Mohammed VI sta facendo tante cose per la gente, per le donne ».

È preoccupata per suo marito, che ha passato le giornate ad aspettare che Hassan II lo chiamasse. « Mi daranno un altro incarico. Questione di ore. Il re deve avere le sue ragioni », le aveva ripetuto per anni.

Ma Zouhour, più pragmatica di lui, si è trovata un lavoro il giorno dopo che a lui non era rimasta altra entrata che quella da umile funzionario pubblico in prepensionamento. Per fortuna, suo padre le aveva lasciato una villa e due appartamenti a Casablanca. Così si erano trasferiti nella villa, e avevano affittato gli appartamenti.

Abbas aspetta che la porta si chiuda e posa il giornale. I suoi occhi passano dal tavolo al parquet, dove una formica è alle prese con ciò che rimane di una zolletta di zucchero. Le ultime parole pronunciate dalla moglie gli rimbombano tra le pareti del cranio. Il suo sguardo è fisso sulla formica, solo che lui non la vede più. Rivede se stesso, a ventitré anni, con la testa piena d'ideali comunisti e anarchici, che manifesta contro l'occupante francese e contro il potere del re. Contro ogni forma di oppressione del popolo da parte di pochi. Finché poi, per un susseguirsi di coincidenze, non si era ritrovato in una stanza del palazzo reale. Un amico di suo padre gli aveva organizzato un colloquio con Mohammed V che, rientrato dall'esilio, era ridiventato re del Paese appena liberato dal giogo del protettorato. Vestito nella sua djellaba bianca, il monarca gli si era avvicinato. Aveva uno sguardo dolce, il sorriso di un padre. « Vuole aiutarci a costruire il suo Paese? » gli aveva proposto con voce calma e benevola. Il corpo del giovane Abbas non aveva più risposto alla testa. Aveva avvertito un tremito, una sensazione di calore, poi una voce che emergeva dalle profondità della sua anima: «Sì, signore». Da quel momento, e per sempre, Abbas Chérif Falani era diventato un monarchico.

Abbas paragona spesso questa sua conversazione a una rivoluzione interiore, a un momento mistico. Un velo di riconciliazione sulla sua sete di uguaglianza, di senso. Ogni cosa aveva trovato il suo posto. E lui aveva trovato una guida. Poco tempo dopo, Hassan II era salito al trono e Abbas aveva continuato a servire il nuovo re. Quasi undici anni. Undici anni, per poi essere nominato governatore di Casablanca e poi del Nord del Marocco, nella regione di Tétouan. Undici anni passati al fianco di due sovrani, giorno dopo giorno. A imparare come muoversi, come stare ben dritto, come profumare, come essere sempre vestito e rasato in maniera impeccabile. Undici anni passati ad apprendere, attraverso le loro parole, gli ingranaggi delle relazioni internazionali e la difficoltà di governare una nazione. Undici anni di protocolli, d'intrighi di corte, di pugnalate alla schiena, di falsi sorrisi, di tradimenti. Lui stesso era stato vittima della sete di potere dell'uomo che veniva definito viceré. Driss Basri non apprezzava la vicinanza di

Abbas alla famiglia reale e, approfittando della posizione conferitagli da Hassan II, ormai malato, aveva fatto pulizia per accrescere la propria influenza.

Abbas non riesce a provare rabbia verso il suo re per averlo dimenticato in fretta e all'improvviso. Gli ultimi trent'anni del regno di Hassan II sono noti come anni di piombo. Ma caspita! Ben due volte, avevano cercato di farlo fuori, proprio le persone che gli erano più vicine! Poi è ovvio che diventi difficile fidarsi degli altri. Abbas ricorda benissimo i due colpi di Stato. Il primo in particolare, quello di Skhirat, il 10 luglio 1971. Il quarantaduesimo compleanno del re. Gli Chérif Falani erano tra gli invitati. Una carneficina. Più di cento morti, il doppio di feriti. Era stato un miracolo che fossero sopravvissuti. E valeva anche per il re. Appena un anno dopo, un secondo tentativo: 16 agosto 1972, il golpe degli aviatori. L'aereo reale era stato preso di mira, però il re ne era uscito illeso, nemmeno un graffio. Quando si dice il *maktub*, il destino. I golpisti erano stati uccisi. Altri erano finiti alla colonia penale di Tazmamart. Ma il monarca aveva perso la fiducia nel suo popolo.

«Forse mi sarei comportato nello stesso modo.» Abbas sospira e poi, ricordando le risposte di Hassan Il ai giornalisti, si stringe nelle spalle. « Mi ha insegnato tutto: è ovvio che non faccio che citarlo. Pace all'anima sua. » Si alza, si avvicina alla formica e alla zolletta di zucchero, le schiaccia col piede ed esce dalla stanza.

33

Dopo tre tentativi andati a vuoto, si sente un suono. Kenza non riesce a contenere la gioia nonostante il tono gelido di Fatiha. Per evitare il silenzio, racconta nel dettaglio le sue giornate, gli incontri che ha fatto. La figlia di Milouda si scioglie un po'. Commenta in modo tranchant l'ultimo aneddoto di Kenza, quello dell'incidente con Pierre-Yves: «Chi si crede di essere? Il figlio del re?»

Kenza è divertita dall'analogia, evita di rispondere che, in Francia, al re han tagliato la testa da un bel pezzo.

Kenza trova un equilibrio tra le lezioni, le uscite con Aude e le cene con Emma e Chloé. Ignora le occhiate di Pierre-Yves e piano piano inizia ad ambientarsi nella sua nuova vita. Mamoun, il suo compagno delle superiori, non dà notizie, preso com'è dagli studi. Chiama regolarmente Fatiha, che le risponde in tono asciutto e le racconta poco o niente della sua vita. La conversazione è scandita da lunghi silenzi. Kenza cerca di trovare, ogni volta, nuove cose da raccontarle. Quando arriva il Ramadan, Fatiha sbotta, con voce aspra: «Spero che digiunerai, quest'anno: basta con la ribellione adolescenziale».

Kenza non risponde.

In metropolitana, nel periodo del Ramadan compaiono manifesti pubblicitari in cui figurano fianco a fianco le bandiere di Marocco, Algeria e Tunisia. Kenza non sa nulla degli altri due Paesi. Non conosce la loro realtà, né le persone, né la loro storia. In Francia, invece, si parla di maghrebini come se l'associazione fosse evidente, come se si trattasse di un insieme omogeneo, assimilabile. Ogni volta fa spallucce, infastidita. Perché non imparano la differenza tra Marocco, Algeria e Tunisia come lei, a casa sua, aveva imparato le diverse regioni francesi?

Il ventiseiesimo giorno, Abdellah e Yemna la invitano per la notte sacra. E se scoprono che non sta digiunando, che non ci crede? La giudicheranno male? Lo diranno a Fatiha? E se non dovessero più invitarla a casa loro? Decide di digiunare. A metà pomeriggio, Aude la guarda, sei pallida, bevi almeno qualcosa; no, fa niente, posso farcela per un giorno.

Verso le cinque avverte un calo di forze, salta le lezioni, fa un pisolino. Si sveglia che è quasi troppo tardi e, dopo essersi preparata in fretta e furia, prende un taxi per andare a casa di Yemna. Di usare la metro, non se ne parla, il quartiere le fa paura.

« Ciao, *la fassia*! Ammettilo, non stai digiunando, ecco perché sei in ritardo! Lo sai che se ti lavi i denti non vale? Lo ha detto l'imam della moschea. Ed è vietato mettersi il profumo. Come hai fatto tu: si sente. »

Kenza ignora le provocazioni di Rayan e si lascia baciare da Yemna e dal suo foulard dai mille nodi. Questa volta apprezza il silenzio in cui si svolge il pasto. Assaggia tutto, assapora fino all'ultima goccia il miele dei dolci. Quando ha finito, Abdellah rutta un « *Al-hamdoulilah* » e si sdraia sul divano. Yemna esce dalla stanza e Rayan si siede accanto a Kenza. Ha sempre la stessa luce negli occhi. « Allora, ti piace Parigi? »

Lei annuisce, lui ride. Una risata solare, genuina.

Kenza si sente stranamente a suo agio con loro. Ascoltare Yemna e Abdellah parlare in dialetto arabo le scalda il cuore. Quando urlano in berbero, non capisce niente ma ripensa a quando Milouda rimproverava Fatiha nella lingua del suo villaggio. Yemna rientra nella stanza e guarda il figlio. « Ora che fa compiti. Non scherzo. *Khlass*, basta così, va' prendere libro. »

« Ma, mamma! » Con aria indifferente, Rayan si allontana per qualche secondo e riappare con un libro di storia che consegna alla madre.

Yemna spegne la TV, come sempre sintonizzata su un canale marocchino. Apre il manuale e guarda suo figlio: *yallah*, ripetimi la lezione. Rayan strizza l'occhio a Kenza, poi si raddrizza, assumendo un contegno serio. In tono monocorde, articolando le parole con lentezza, recita: « Un topo verde correva nell'erba. Lo prendo per la coda, lo mostro a questi signori... »

Kenza fatica a trattenere una risata. Guarda Yemna che, col libro tra le mani, annuisce regolarmente con aria severa.

Solo che lo sta tenendo al contrario.

34

Nadia siede accanto a Kenza, di fronte a Mamoun e a Clémence. Si sono ritrovati da Nadia, a Casablanca, per festeggiare il Capodanno del 2007. È l'occasione per scambiarsi le prime impressioni di questi mesi trascorsi all'estero. Mamoun, con la bocca piena: « Uno mi ha chiesto se, ogni volta che formulo una frase, prima me la traduco in testa dall'arabo al francese ».

Risata generale.

« E tu cos'hai risposto? »

« Che sogno in francese ma insulto in arabo. *Hmar*, che somaro! »

Clémence afferra uno spiedino di pollo e chiede a Kenza se ci sono novità. Lei passa velocemente in rassegna le sue amicizie parigine e la sua storia con Younes: si sono incontrati nell'atrio della facoltà, poi in un bar e si sono baciati il giorno prima che lei tornasse a Casablanca per le vacanze. A Mamoun va quasi il cibo di traverso, non stai più con Karim? Lei risponde in un sussurro che si sono lasciati a settembre e che non le va di parlarne. Segue un silenzio che Nadia si affretta a spezzare, su, balliamo.

Tre giorni prima che Kenza torni a Parigi, Fatiha va a trovarla. Non ha risposto alle sue chiamate, sebbene sapesse che era a Casablanca. Mamizou le lascia tranquille nel salone con lo *zellij*. Milouda porta loro un po' di tè. Rimangono in silenzio per lunghi minuti. Kenza chiede all'amica se è felice di vivere lontano da sua madre; sì, non è male, mentre dalla finestra osserva Ali che sta lavando la macchina; Kenza non sa cosa fare, si accorge di avere il respiro pesante, batte il piede sul tappeto, sempre più in fretta; Fatiha distoglie lo sguardo dall'autista, hai ingoiato un vibratore? Ridono entrambe. Infine, Kenza chiede in francese come vanno gli studi. La risposta arriva in *darija*: « Ho iniziato a lavorare in ospedale a marzo, per il tirocinio. Poi, a settembre, sono passata al tempo pieno. Non ho potuto studiare Medicina ma, grazie a tuo nonno, almeno faccio l'infermiera ».

« Con tutti gli agganci che ha, almeno ti ha potuto aiutare. »

« E tua nonna mi paga l'affitto, ma io le restituirò tutto. »

« Non preoccuparti, le fa piacere. »

Ritorna il silenzio. Lo sguardo di Fatiha perde quella luce che a Kenza ricorda tanto l'infanzia. « La mia coinquilina si chiama Youssra. È come una sorella, per me. »

Ha calcato le ultime parole. Kenza avverte una fitta allo stomaco ma non risponde. Fatiha guarda l'orologio, sono le quattro. « Devo andare, ho un appuntamento importante. »

Kenza, in uno slancio che sfugge al suo controllo, la stringe tra le braccia. Gli occhi si appannano, bisogna asciugarli. Kenza propone di cenare insieme, il giorno dopo. Fatiha annuisce. « Vieni a vedere la mia nuova casa, ho un soggiorno, possiamo ordinare quello che vuoi. »

« Un'altra volta. »

Fatiha si oscura in volto, ma solo per un istante. Subito dopo, ricompare un sorriso. « Va bene, torno domani. »

Le ci è voluta un'ora per tornare a casa. La distanza e soprattutto il traffico hanno quasi mandato a monte l'appuntamento con Karim. Lo trova che cammina avanti e indietro davanti alla porta del suo appartamento.

« Porca miseria, si può sapere dove sei stata? Detesto aspettare, specialmente in un quartiere come questo. »

Fatiha dà un'occhiata all'orologio, mancano ancora due ore prima che Youssra termini il suo turno in ospedale. Karim è già in mutande, sdraiato su uno dei divani. Le sorride. Lei si avvicina, lui le accarezza i seni. « Dov'è la tua stanza? Non ho molto tempo, l'autista mi aspetta. »

Dopo dieci minuti in cui Fatiha si lascia prendere da dietro senza provare nessun piacere, Karim viene. Sono ormai mesi che non vuole saperne di preservativi. Per fortuna, lei ha fatto scorta di lubrificanti e lo costringe ad applicarne un po', perché altrimenti le fa troppo male.

« Svegliami tra mezz'ora. A proposito, Kenza pensa che io sia ancora negli Stati Uniti. In ogni caso, abbiamo rotto, non ha più importanza. » Si sveglia da solo, si veste e lascia duecento dirham sulla cassettiera.

« Per chi mi hai preso? » urla Fatiha in arabo. Afferra la banconota per buttargliela in faccia.

Lui la immobilizza. « Sappiamo entrambi che ne hai bisogno più di me. » Poi si allontana.

Fatiha si rimette sotto le lenzuola, i soldi stretti tra le dita.

Prima di sbattere la porta dell'appartamento, Karim dice: « Ti farò sapere la prossima volta che torno in Marocco ».

Lei lascia cadere la banconota per terra. È ancora nuda. Si passa l'indice destro sul seno e inizia ad accarezzarsi senza provare piacere. Cambia posizione, chiede aiuto all'immagine di Kenza innamorata che bacia Karim sulla spiaggia di Kabila. Niente. Nemmeno un fremito leggero.

Il giorno dopo, entrando nella stanza, Fatiha guarda le due coperte sotto il comodino. Kenza, a gambe incrociate sul letto, le fa segno di sedersi. « Grazie per essere venuta. »

« Nessun problema. »

Per un lungo istante, il dialogo si arena. Kenza muore di caldo, non sa cosa fare con gli occhi, con le braccia. Dalla finestra aperta entra una falena. Le due amiche la guardano e poi si guardano. La farfalla si posa sulla scrivania e Fatiha si avvicina lentamente. « Sstt, non fare rumore, ora la prendo, aspetto solo che chiuda le ali; ecco fatto! » Tenendola tra pollice e indice, la mostra all'amica.

Kenza ritrova la luce negli occhi di Fatiha, le si siede accanto. Fatiha lascia andare la farfalla e, per la prima volta dopo tanto tempo, parlano davvero. Fatiha vuole sapere tutto di com'è vivere a Parigi: i fiori hanno lo stesso profumo? Il cielo ha lo stesso colore? E le giornate hanno lo stesso sapore, dall'altra parte del Mediterraneo? Kenza non dice che a Parigi non ci sono né fiori né farfalle. Non vuole spegnere la luce di quello sguardo. Vorrebbe dirle: *Lo vedrai di persona, quando verrai a trovarmi,* ma sa che è una bugia. Fatiha non ha nemmeno il passaporto, non può nemmeno richiedere il visto. Kenza cambia argomento, le chiede di lei, si costringe a sorridere quando le parla di Youssra, la coinquilina, la confidente. Milouda porta un vassoio che non toccano nemmeno. Sono altrove, in quel posto che troviamo solo con poche persone al mondo. Stanno bene. Riconciliazione. Maschere che cadono.

«Tornerai per le prossime vacanze?»

«Sì, ogni vacanza.»

«E ci vedremo?»

«Certo che ci vedremo.»

«Siamo ancora come sorelle?»

«Non dubitarne mai, Fatiha, per me sarai sempre mia s... Ma chi è che bussa?»

Kenza si alza per aprire.

La voce di Nadia la precede: «Mi hanno detto che parti domani. Volevo salutarti. Ehi, ma che ci fa lei qui? Pensavo non lavorasse più da voi».

Fatiha balza in piedi, abbassa lo sguardo, perde il sorriso. Arretra di qualche passo finché la schiena non finisce contro il muro. Kenza non risponde.

Nadia, irritata: «Disturbo? Preferisci passare la serata con la domestica?»

Contrazione. Riecco le maschere. Kenza stringe Nadia in un abbraccio. «Grazie per essere venuta! Fatiha, di' a tua madre di portarci una bottiglia di vino della riserva di Bassidi Abbas. E chiudi la porta, quando esci.»

35

Tornata in Francia, Kenza fa visita a Yemna. La sua calda presenza sa di famiglia, d'infanzia ritrovata. La donna le scocca i soliti quattro baci, ma ha qualcosa di strano nello sguardo. Dal soggiorno, Abdellah brontola un *salam, chrifa*. Poi, a denti stretti, borbotta altre parole incomprensibili. Una grossa vena gli è apparsa in fronte. Con aria grave, Yemna spiega: « Rayan si è messo nei guai. Abdellah troppo arrabbiato. Molto ».

Kenza bussa alla porta della camera del ragazzino. Quando sente un « lasciami in pace », entra. Rayan è sdraiato a pancia in giù, con la testa sepolta nel cuscino dell'FC Barcelona.

Kenza gli si siede accanto. « Ti va di parlare? »

Lui solleva la testa di qualche centimetro. Ha gli occhi pieni di lacrime, il naso che cola. Singhiozza, ha un occhio nero. « Comunque è un Paese di puttane e mio padre è un venduto. »

« Potresti spiegarmi dall'inizio, per favore? »

Rayan parla tutto d'un fiato. « Mio padre mi ha fatto il culo perché ho avuto un giorno di sospensione. Ma non è colpa mia, è che c'è questo nuovo prof, un *babtou,* un bianco che crede di essere il capo del quartiere. » Si tira su a sedere, la fissa. « Ieri avevamo in programma un'uscita di classe, e ci doveva accompagnare anche la madre di un mio compagno. Quando la vede, quello stronzo del prof le dice: 'Signora, se vuole accompagnarci durante la gita, deve togliersi il velo'. Ma ti rendi conto? Voleva spogliare una madre! Quel bastardo di un figlio di satana. Poi ha iniziato a snocciolare i suoi paroloni, manco fosse colpa della Francia. Mi sono incazzato, è stato più forte di me. La donna indossava lo stesso foulard di mia madre, la conosciamo bene, viene dal nostro villaggio. Ci siamo azzuffati, e il papà se l'è presa con me. »

Kenza ascolta in silenzio e poi lo abbraccia. Torna in soggiorno. Abdellah è seduto su uno dei divani e Yemna gli sta di fronte. Rimangono tutti e tre in silenzio. Alla fine, come colto da uno spasmo, Abdellah sentenzia ad alta voce: « Ingrato ». E torna a rinchiudersi nel suo mutismo abituale. Kenza lo osserva. Non può nemmeno immaginare la matassa di pensieri e di ricordi che si accumula dietro quello sguardo piatto. Non immagina come possa essere stata la sua vita, andare via dal Marocco e arrivare in Francia. Non ha idea di cosa si siano detti Abbas Chérif Falani e Abdellah il giorno prima del viaggio: « Tieniti lontano dai sindacati e dalla politica, laggiù. Non fare storie, rimani nel tuo e nessuno verrà a scocciarti ». Quando lui si nasconde la testa tra le mani, Kenza non ha modo di vedere che le dita hanno tenuto traccia degli anni di lavoro nei campi e nelle fabbriche. Non sa che i palmi sono induriti e che sono proprio loro, quei palmi, il motivo per cui, decenni prima, il giorno della visita medica a Casablanca, il medico incaricato dai francesi aveva annotato « idoneo al lavoro in fabbrica » sul fascicolo di Abdellah. Se fossero stati morbidi e soffici, quei palmi, sarebbe stato classificato come un « dirigente o impiegato » e gli avrebbero rifiutato il permesso di lavoro.

36

Una telefonata del nonno. Una voce rotta dal dolore, ma con quella dignità che ha incollata alla pelle. Sono le dieci di sera. Kenza e Younes escono da un ristorante e s'incamminano verso l'appartamento di lui. Soltanto all'ottava chiamata persa, Kenza si accorge che le vibra il telefono. Younes le ha messo un braccio intorno alla spalla e le accarezza i seni con la punta dell'indice. Vuole accelerare il passo, se lo sente così duro che fatica a contenersi. Quando Kenza risponde, lui prende una sigaretta e fa un tiro lungo, chiudendo gli occhi. Poi vede un viso distorto dalle lacrime. Kenza sussurra: « Sì, ci vediamo domani ». E riattacca. Tiene il braccio e il telefono lontani dal corpo, come per distanziare la notizia che sta per cambiarle la vita per sempre. Younes le si avvicina.

« Mia... Mia nonna... arresto cardiaco. È... » Kenza non finisce la frase, scoppia a piangere. Dopo qualche istante, gli dice che suo nonno le ha comprato un biglietto aereo per il giorno seguente e che deve tornare a casa. Younes chiama un taxi e l'accompagna. La bacia prima di vederla sparire dietro la porta d'ingresso. Decide di tornare a casa a piedi, s'imbatte in una lattina vuota, la calcia via. «Pessimo tempismo», borbotta, riprendendo a camminare.

Sono tutti vestiti di bianco. Il cielo è troppo azzurro e la musica - voci maschili che recitano il Corano - troppo forte. L'aria puzza d'incenso. Milouda corre tra la cucina e il salone, in una sequela ininterrotta di lamenti. Il nonno si tiene ben dritto, stringe la mano agli ospiti e passa dal salone al giardino. Sfilano familiari e amici. Il generale Alami, i Bennis, diversi conoscenti dai tempi del palazzo reale. Kenza si rifiuta di guardare il viso di sua nonna. Non osa avvicinarsi alla stanza in cui hanno deposto il corpo. Quando lo portano fuori di casa, corre a chiudersi in camera sua. Non andrà al cimitero. Rimane seduta sul letto per ore, con gli occhi persi nell'enorme biblioteca di Mamizou. Dal momento in cui suo nonno le ha comunicato la notizia, non ha versato una sola lacrima. Non mangia, ha vomitato due volte. Si sveglia la mattina con la mascella serrata e la saliva che sa di sangue. Fatiha le rimane accanto per i tre giorni di lutto. Dorme per terra, senza nemmeno stendere le coperte dell'infanzia. Il giorno in cui Kenza deve ripartire, rompe il silenzio: « So che è difficile, ma non puoi farci niente. Invece di piangere la sua morte, sii felice perché è vissuta ». Dato che lei non risponde, prosegue: « Devi essere forte. Ripigliati ».

« Parli come mio nonno. »

Abbas Chérif Falani entra nella stanza, posa una mano sulla spalla della nipote, dice una banalità tipo: « È la vita ».

Per Kenza è troppo: arretra di due passi e, con la voce scossa dalla rabbia: « E il re? »

« Che cosa 'il re'? »

« Immagino che non abbia ancora chiamato per farti le condoglianze. »

Il nonno non risponde. Kenza esce di casa e si precipita in macchina, direzione aeroporto Mohammed V.

37

Parigi, 13 gennaio 2008

Cara Mamizou,

sono passati otto mesi, tre giorni e quattro ore da quando te ne sei andata. Potrei aggiungere anche i minuti e i secondi. Troppo presto, troppo in fretta. Come la mamma e il papà. Perché fate tutti così?

Ho deciso di scriverti ogni volta che ne sento la necessità. Perché non sopporto la tua assenza e ho bisogno di te. E perché mi hai insegnato che le parole hanno il potere di lenire, di ricostruire e di annullare i limiti del tempo. Ti sento spesso vicino, soprattutto quando metto le canzoni che ascoltavamo insieme. Brel, Jean Ferrat e Barbara. Questo ti sorprenderà: tante volte, all'improvviso, mi viene voglia di ascoltare la musica andalusa e Les Voix de Fès. *Quando sento elevare lodi a Dio, t'immagino in salone, sorridente. Chiudo gli occhi e avverto il tuo calore. Come un sole estivo all'ombra di un salice piangente.*

Tuttavia non oso ascoltarle fuori, né nelle biblioteche né in metropolitana. Sono canzoni che parlano di Allah e questo spaventerebbe molta gente intorno a me, se la musica fosse troppo alta. Qui le persone s'irrigidiscono alla parola Islam. Vorrei fargli conoscere il tuo, d'Islam. Mostrare loro, attraverso la musica e i canti, che la tua religione può essere bella, che è prima di tutto poesia e dunque metafora, e che può donare la pace. Invece non dico niente.

Ti chiedo scusa. Non ho mantenuto la mia promessa di leggere il Corano, la Bibbia e la Torah. Né i filosofi occidentali o i sapienti orientali. Forse lo farò, un giorno.

« A parte questo, che novità ci sono? » mi chiederesti, se fossimo al telefono. Be', non mi sono mai sentita così araba come in Francia. Peggio, maghrebina. Come se non avessi altre sfaccettature: nessuno mi chiede se al mattino prendo il caffè nero o con lo zucchero, se mi piace giocare a tennis o fare lunghe passeggiate in spiaggia, se preferisco il salato al dolce, il rock al jazz. Si stupiscono solo di vedermi mangiare maiale e bere vino. So cosa diresti: « È ignoranza ». Mi piacerebbe però che s'interessassero un po' alle altre culture, perché sembrano gli americani quando dicono che la lingua dell'Europa è l'europeo.

« E l'amore? » Ho lasciato Younes. Ho capito che non avrei voluto presentartelo, ed è stata un po' la mia bussola.

Tuo marito ha perso quella luce che aveva in fondo agli

occhi. Prometto di vegliare su di lui. So che, nonostante tutto, è stato l'amore della tua vita. Ti abbraccio forte e affondo il naso nei tuoi capelli. Per me, avrai sempre l'odore della crema solare nei giorni di vacanza.

Tua nipote,

KENZA

Piega il foglio in quattro e lo inserisce in una busta bianca su cui scrive *Per Mamizou*. Poi la infila tra le pagine dello *Spleen di Parigi*, mette via il libro, prende il cappotto ed esce. Un vento freddo soffia in un cielo grigio e basso, dandole la strana impressione di sentirsi prigioniera del mondo. Col naso nascosto nella sciarpa, si lascia inghiottire dall'ingresso della stazione della metro Cardinal Lemoine. Ha un appuntamento con un ragazzo conosciuto il giorno prima. Kenza ha deciso di usare gli uomini come strumenti nella sua scoperta del piacere. Di perdere la verginità col primo che capita. Nessun disagio, nessuna spiegazione. Di dire «fermati» se fa male, se non ha voglia. Di scoprire tutto un mondo di sfumature. Colori: tutti i colori dello spettro. Per sé e per sé soltanto. Di non sentirsi in colpa. D'infischiarsene. Di approfittare dell'anonimato di Parigi. Di raggiungere l'orgasmo del corpo, qualunque sia il partner.

Dal funerale di sua nonna, è come se con Fatiha si fossero capovolti i ruoli. Adesso è Kenza a non rispondere più alle chiamate e ai messaggi. Non ha più niente da dirle. *E se mi giudicasse? Tanto vale non rispondere.* Si è avvicinata molto a Aude, che si diverte a commentare i suoi trascorsi con gli uomini. Almeno lei non le fa la predica.

38

Karim sbatte la porta e Fatiha si dice che è l'ultima volta. L'ultima volta che accetta le banconote sulla cassettiera e che lo lascia venire dentro di lei senza guardarla. Sono passati anni e lui non ha mai parlato di una relazione seria. Ancora nuda, va in bagno e si guarda allo specchio. Il viso, i seni, i fianchi. Ride. « Chi si crede di essere? Pensa di meritarmi solo perché ha una villa ad Anfa? » Poi, riflettendoci, aggiunge: « Gli Stati Uniti, posso andarci anch'io. Basta fare come Aïcha: sposarmi via Internet e *adios Marruecos*! »

Youssra non rientrerà prima di qualche ora. Fatiha adora questi momenti di solitudine, la fanno pensare a Kenza. Sospira, accende il computer. Come dire alla sua amica d'infanzia che non è più arrabbiata con lei per essersene andata via? Come sussurrarle che non è sola, anche se Mamizou non c'è più? Kenza non dà più sue notizie. Fatiha lancia un'occhiata alla bottiglia di vodka acquistata di contrabbando dal custode dell'immobile. L'alcol le fa dimenticare le ore trascorse in ospedale, la carenza di attrezzature, i topi morti in sala operatoria. Ripensa a Kenza e alle loro liti sull'argomento. Quand'era più piccola, Fatiha non beveva, era proibito dalla religione, e faceva continuamente la morale a Kenza. Ora, guardando la bottiglia sul tavolo, sorride.

Aggiunge Aïcha ai contatti su Facebook. La cugina di Youssra vive negli Stati Uniti da tre anni. L'uomo che l'ha aiutata a partire si chiama Ahmed. Aïcha si era iscritta a un corso d'inglese e aveva richiesto un visto per « perfezionare l'apprendimento della lingua ». Ahmed, che dispone di tutta una serie di agganci, ha chiamato il consolato. Una volta ottenuto il visto, Aïcha è andata a New York e ha approfittato del soggiorno per sposarsi. Ahmed l'ha aiutata a trovare un americano compiacente e a realizzare falsi album fotografici del matrimonio, « il tutto per una somma davvero ragionevole », le ha detto lei. « Poi Mike si è innamorato di me e mi ha chiesto di sposarlo davvero. Ero rimasta senza un soldo, perciò ho accettato. »

Perché non tentar fortuna lì? si dice Fatiha, mentre chiede ad Aïcha i contatti di Ahmed. La mattina dopo, la cugina di Youssra le risponde. Fatiha aggiunge agli amici anche Ahmed che, su Facebook, figura come Ed. Gli manda un messaggio cui lui replica nel giro di un minuto, dandole appuntamento su Skype per il giorno dopo alle quattro.

Sul telefono, un messaggio di Karim.

Parto tra due giorni. Ci sei domani?

Fatiha non risponde. Va a letto chiedendosi cosa penserà Kenza della storia degli Stati Uniti. La giudicherà? Meglio non dirle niente. *Non verrà mai in questo appartamento pidocchioso, ma trascorrerà tutte le sue vacanze nella mia casa a Los Angeles, questo è sicuro. Se vado negli Stati Uniti, tutto tornerà come prima.*

Quella notte sogna una villa con un giardino e migliaia di farfalle.

39

Firenze, 22 maggio 2009

Cara Mamizou,

ti scrivo dalla terrazza delle Oblate. Questa biblioteca si trova in un ex convento, con un cortile interno e la vista sul duomo. Sei nel cuore di Firenze ma, se chiudi gli occhi, puoi sentirti l'anima. È da capogiro.

Non voglio lasciare l'Italia. Sono qui per l'Erasmus, perché tutti noi di Scienze politiche dobbiamo fare un'esperienza all'estero al terzo anno. A differenza di quando sono arrivata in Francia, non sapevo cosa aspettarmi, non avevo l'impressione di conoscere già tutto. Durante il primo mese, non riuscivo nemmeno a chiedere che ore sono. Mi è venuto da pensare a Yemna, che questa sensazione la sperimenta ogni giorno. Mi ha raccontato che le sarebbe piaciuto tanto avere altri figli, ma che, nonostante i tentativi, non ci sono riusciti. Abdellah si è sempre rifiutato di accompagnarla dal medico e lei non sape-

va come andarci da sola. Troppi cartelli e documenti da leggere, da capire. Troppi nomi di stazioni della metro, di autobus che non riusciva a memorizzare. Non ha mai chiesto aiuto perché si vergogna. È un argomento troppo intimo per poterne parlare con un estraneo. Mi manca, tornerò a trovarla a settembre, quando rientro a Parigi. La sua presenza mi infonde sicurezza, soprattutto da quando tu non ci sei più.

Qui non ci sono gli sguardi di Pierre-Yves né le frecciatine che mi lancia la funzionaria della prefettura quando devo rinnovare il permesso di soggiorno. Ho come l'impressione di essere un foglio bianco, di non dover subire un passato che non è mai stato il mio. Va bene, mi sto perdendo in riflessioni troppo complicate. Rimanere in superficie mi aiuta a trovare l'equilibrio.

Non rispondo più ai messaggi dei compagni delle superiori. Voglio mollare gli ormeggi. Non rispondo nemmeno più a Fatiha. Sai, ho sempre desiderato avere una sorella, per non sentirmi sola, persa, senza punti di riferimento. Tante volte ho immaginato come sarebbe stata la mia vita se la mamma e il papà non fossero morti, se avessero avuto altri figli. Penso di aver voluto forzare il destino nel fare di Fatiha una sorella, a dispetto di tutte le differenze che ci separano. Ci ho provato... ma mi sento sempre più distante da lei. La paura del suo giudizio mi bloc-

ca, così come mi blocca quella dello sguardo della gente, in Marocco. Non ci capiamo più.

Voglio una strada senza inutili curve. E la bellezza dei paesaggi toscani. Avrei tanto voluto che li scoprissi con me.

Ora ti lascio, ma prima ti abbraccio forte.

Tua nipote,

KENZA

Posa la penna, infila il foglio in una busta blu. Scrive *Per Mamizou,* tira fuori *Lo spleen di Parigi,* mette la seconda lettera insieme con la prima. Mentre ripone il libro, vede Alexandre salire le scale.

Si sono conosciuti il giorno prima, in un bar spagnolo. Kenza era in compagnia di Katherine, una compagna del corso d'italiano. Svizzera di origine polacca, Katherine ha i capelli biondi, gli occhi verdi, i lineamenti fini. Kenza la trova bellissima. «Guarda a ore dieci. Il mio prossimo amante», le ha detto.

Un ragazzo con in mano un bicchiere di whisky, un po' in disparte rispetto alla pista da ballo. Era solo, sembrava spaesato. Il modo in cui affondava lo sguardo nel bicchiere l'ha fatta rabbrividire. Capelli neri, occhi azzurri, un neo sopra il sopracciglio destro. Katherine gli si è avvicinata e ha attaccato bottone, ma poi è tornata subito indietro: doveva essere gay. Stringendosi nelle spalle, Kenza ha preso una sigaretta dalla borsa dell'amica ed è uscita a fumare.

« Non è che avresti da accendere? »

« No, mi dispiace, fumo solo la sera, e manco le mie sigarette », ha risposto lei, voltandosi. Poi, vedendo il ragazzo col bicchiere di whisky, ha sorriso. « Come fai a sapere che parlo francese? »

« La tua amica. Ho pensato parlaste la stessa lingua. »

« La mia amica pensa che tu sia omosessuale. » Le è scappata così: dopo tre drink, non era in grado di trattenere i pensieri.

Divertito, il ragazzo si è detto dispiaciuto di doverle deludere, perché non lo è, e ha aggiunto di chiamarsi Alexandre. D'un tratto, Kenza ha sentito troppo caldo, non riusciva più a sostenere il suo sguardo. Lui, invece, continuava a fissarla. « Ti va di fare due passi? È una bella serata. »

Il cielo, ormai sgombro di nuvole, sfoggiava qualche stella solitaria. Dopo aver camminato a lungo, si sono seduti vicino alla basilica di Santa Croce. Lui le ha fatto decine di domande: voleva sapere se mette lo zucchero nel caffè, se preferisce il rock al jazz, il salato al dolce, se ha fratelli e sorelle, come si chiamano i suoi genitori. Lei gli ha confidato che sono morti quando lei era piccola, gli ha raccontato della sua infanzia in Marocco. Anche lui ha perso suo padre quando aveva quindici anni. Da bambino gli aveva insegnato a suonare il pianoforte e, dal giorno della sua morte, sente il bisogno di suonarlo spesso. « La mia paura più grande è dimenticare il ricordo delle sue mani sui tasti »; si sono alzati e hanno fatto tre volte il giro del centro. Alexandre è nato a Parigi ma non si sente a casa da nessuna parte. Sogna di viaggiare, ma lì ha un lavoro che lo aspetta, a settembre. « In una società di consulenza, la via maestra », ha detto, imitando la voce della madre.

Kenza ha sgranato gli occhi. « È la stessa, identica espressione che usa mio nonno! »

E lui, con un sorriso: « Ma, se ci sei anche tu, avrò un buon motivo per tornare a Parigi ».

40

Dal momento che Fatiha non si fa sentire, Karim deve organizzarsi diversamente. Chiama un vecchio amico e gli chiede aiuto. Quando lui gli propone di pagare, Karim si scandalizza: perché andare a puttane quando puoi sbatterti la domestica? Riattacca, innervosito. La nuova domestica sta sparecchiando la tavola. La guarda tornare in cucina. Ha le natiche sode e rotonde. *Se solo fossi stato più discreto, le altre volte...* Sua madre ha giurato di dimezzargli il bonifico mensile se lo becca di nuovo con una domestica. Pazienza, si ammazzerà di seghe fino alla partenza per gli Stati Uniti.

« Pronto? Fatiha? Sono Ed. »

« Ciao, Ahmed. Voglio dire... Ed. »

È dalle cinque del mattino che aspetta questa chiamata, ci ha quasi perso il sonno. Ahm-Ed dice che accetta di aiutarla solo perché è stata Aïcha a fargli il suo nome. Le spiega che dovranno cambiare, però, perché non può ricorrere due volte alla stessa strategia. Poi aggiunge che la richiamerà la settimana successiva e riattacca. Il sabato seguente, Ahm-Ed la informa che non è riuscito a trovarle un americano disposto a combinare un matrimonio di convenienza. « Al momento, l'offerta supera la domanda, capisci? » Dopo qualche istante, prosegue: « Ma la tua storia mi ha toccato, quindi ho una soluzione da proporti ».

La sposerà lui. Ha solo bisogno di divorziare dalla donna che ha pagato per ottenere il passaporto americano, il Graal blu. Fatiha accetta. A quel punto, lui le fa il quadro della situazione: ha bisogno di due mesi per divorziare e poi si sposeranno in Marocco. Ci vorranno meno di sei mesi per le procedure, dopodiché lei riceverà la green card e il passaporto blu. Tossisce, spiega che gli servono i soldi per avviare la pratica di divorzio. Fatiha si fa due conti al volo. « Se chiedo alla mia coinquilina di restituirmi tutti i soldi che le ho prestato e ci aggiungo i miei risparmi, posso arrivare a seimila dirham. »

« Circa seicento dollari. È un buon inizio. Mandami la metà tra due giorni. Passerà mio fratello a ritirare la busta. »

41

Yemna grida di gioia quando Kenza suona al citofono. « *Ouili ouili,* tu non ha mangiato niente, ma aspetta, oh, cos'abbiamo qui? » le dice, facendola sedere tra i cuscini del soggiorno. Ricompare con alcuni dolci al miele e la costringe a mangiarli, coprendola di baci sulla fronte. Rimangono l'una accanto all'altra, silenziose ed emozionate. Durante l'anno trascorso in Italia, a Kenza sono mancati i nodi al foulard e il sorriso muto di Yemna. Dopo qualche ora di sonnellino, Kenza la abbraccia e, nel momento in cui sta per uscire, si ritrova faccia a faccia con Rayan.

« *La fassia* è tornata! »

« Ciao anche a te. Sì, ma adesso devo correre. Ho... un appuntamento. »

« *La fassia* ha un ragazzo! Aspetta, ti accompagno fuori. Voglio sapere tutto. » In ascensore, Rayan la tempesta di domande: « È un arabo o un bianco?

Non ci credo, sei andata fino in Italia per rimorchiare un parigino?! Ti tratta bene? È bello? » Ride. « E il pisello? Se l'è fatto spuntare? A volte lo fanno anche i bianchi, per questioni d'igiene. »

Nemmeno Kenza si trattiene e scoppia a ridere, mentre lui le tiene compagnia finché non trova un taxi.

Dal loro incontro a Firenze non si sono più lasciati. Prima di tornare a Parigi, sono andati in vacanza insieme nel Sud della Francia. Non sono potuti andare in Marocco per via di suo nonno. Kenza gli aveva detto di aver conosciuto un ragazzo, che non era né *fassi* né musulmano. Poi aveva aggiunto che era felice. Ma Bassidi Abbas aveva riattaccato senza salutare e non aveva risposto al telefono per diverse settimane.

Dopo tre mesi nella società di consulenza, Alexandre non reggeva più quegli orari disumani e ha cambiato settore. Da parte sua, senza molta convinzione, Kenza ha scelto la specialistica in Comunicazione di Scienze politiche. Ha affittato un monolocale nel XX arrondissement, ma passa quasi tutto il suo tempo da lui. Suo padre gli ha lasciato un appartamento all'incrocio tra rue de Sèvres e boulevard Raspail.

Piano piano, a furia di mattine annebbiate dal sonno; di caffè neri e forti; di sveglie mancate; di silenzi che non imbarazzano più; di carrelli della spesa riempiti insieme; di risate irrefrenabili e crisi di pianto; di comune avversione per le barbabietole; di unghiate sulla schiena mentre fanno l'amore; di lunghe passeggiate domenicali; del dentifricio scelto insieme; di momenti in cui ciascuno dei due guarda l'altra dormire; dell'acquisto della lavastoviglie; di quei lunghi minuti senza canzoni ma pieni di musica; a furia di questa solitudine a due, si sono abituati l'uno all'altra. Senza pensarci. Senza dirselo.

42

« All'insegna della diversità, stasera? »

La voce di Pierre-Yves. Ignorando l'osservazione, rivolge un saluto collettivo agli ospiti di Aude.

« Da quand'è che siete amici, vuoi due? » le ha chiesto Kenza qualche giorno prima. Lei ha fatto spallucce, frequentiamo la stessa specialistica.

Kenza si serve un po' di vino. Pierre-Yves le chiede cosa pensa della discussione e, davanti ai suoi occhi sgranati, le fa un sorrisetto compiaciuto, hai capito, no? Quello riguardo al divieto del burqa. Lei non reagisce immediatamente, prende un sorso di vino. Un ragazzo alto e biondo risponde al suo posto rettificando: vuoi dire la legge che vieta l'occultamento del volto negli spazi pubblici, non è la stessa cosa. Kenza sgranocchia due noccioline, non ha voglia di parlare di politica. Si gira verso Aude per intavolare un altro argomento, ma Pierre-Yves insiste: « Allora? Che ne dice la nostra marocchina? »

Lei cerca di darsi un contegno, « è un argomento complicato, io... » Pierre-Yves la interrompe, mostrando i canini intrisi di vino rosso: « Ecco un tipico esempio di oppressione femminile, hai inconsciamente integrato la sottomissione ».

Kenza scuote la testa. « Di cosa stai parlando? Il burqa non significa niente, per me, non è una tradizione marocchina e io sono a favore dell'emancipazione... »

Il biondo la interrompe. Non la guarda nemmeno e parla direttamente con Pierre-Yves. Le opinioni si susseguono con frasi senza forza e senza senso, tipo « il velo è una frontiera metaforica imposta dai convertiti », « segno di rifiuto di una società senza più spina dorsale » e « castrazione simbolica del maschio con inversione di dominio ».

A Kenza gira un po' la testa. Chiede dov'è il bagno, lascia la stanza. Chiude le palpebre, godendosi il silenzio. Ha bisogno di un momento tranquillo, senza dover stare in attacco o in difesa. Un momento senza politica. Certo, ha seguito il dibattito che scuote il Paese da settimane. E, ricordando le parole di Pierre-Yves, le manca l'aria. « Loro » e « noi ». Nel tentativo di costruire una parola che derivi da entrambi i termini, si ritrova con «nolo». Suona quasi come «nodo». Nodi nel cervello. Ma dov'è l'«io», in tutto questo? Dove sono gli «io» di tutte le donne? Ciascuna con la sua complessità, coi suoi crolli e con le sue rinascite, col suo bagaglio di esperienze? Ciascuna con la sua voce? Ecco che parlano per noi, senza darci la possibilità di raccontare, una per una, la nostra storia.

43

Nei mesi successivi, Ahm-Ed si è fatto vivo più volte con Fatiha. Le ha descritto la vita quotidiana in America, facendole pregustare i viaggi che faranno. E lei si è proiettata in quel Paese dalle mille promesse. Ha detto della sua scelta a Youssra, che le ha restituito i soldi che le aveva prestato con una certa riluttanza. Poi, in tre rate, ha consegnato tutti i suoi risparmi al fratello di Ahm-Ed.

Da quel momento, di Ed si sono perse le tracce. I giorni senza notizie sono diventati settimane. Nessuna risposta ai messaggi di Fatiha. E il numero di telefono del fratello risulta ormai inesistente. Fatiha ha scritto ad Aïcha che ha giurato d'indagare. Pochi giorni dopo, la risposta, in lacrime: « Ed è stato investito da un'auto, non ce l'ha fatta ». Dopodiché Aïcha riattacca, si asciuga le lacrime e contatta Ed.

Lui risponde dopo qualche squillo: « Pronto? »

«*Salam,* Ed. Crede che tu sia morto. Il mio compito è terminato, voglio i miei soldi.»

«Perfetto. Ci vediamo domani al solito bar.»

Mamoun, il compagno delle superiori di Kenza, si sveglia presto, per essere domenica. Ora che ha passato gli esami, potrebbe concedersi qualche bella dormita. Solo che non è da lui. Guarda l'ora e pensa che i suoi genitori staranno già facendo colazione in veranda, di fronte alla piscina. Si dà una sistemata alla barba corta, spunta tre peli che sporgono dal naso utilizzando un paio di forbicine e si mette il profumo. Si veste e poi accarezza con l'indice la copertina rossa del libro sul comodino. Lo porta ovunque, nonostante il peso non trascurabile. Mentre va in giardino, incrocia la nuova domestica. Lei, che ha la sua età, abbassa gli occhi, buongiorno, signore. Mamoun le posa una mano sulla spalla e, in *darija*: «Chiamami fratello». Poi aggiunge: «Buongiorno, sorella». Vorrebbe dirle: *Non lasciare che il sistema borghese ti porti via l'orgoglio,* e anche: *Sono contrario all'alienazione dell'individuo attraverso il lavoro,* ma non riesce a trovare le parole in dialetto arabo. Dopo un breve silenzio, toglie la mano dalla spalla della domestica, che ne approfitta per dileguarsi. Mamoun si ripromette di prendere lezioni di arabo classico non appena sarà di ritorno a Parigi. Devi poter comunicare col popolo, se vuoi cambiare le cose. Dimentica, però, che il popolo non parla l'arabo classico.

« Buongiorno, figliolo, mio orgoglio », gli dice sua madre, allargando le braccia. Il padre, un uomo magrolino, continua a leggere il giornale. Mamoun bofonchia un « buongiorno » e poi si va a sedere, senza rispondere all'osservazione della madre: « Parigi ti ha proprio indurito ». Prende un uovo e comincia a sbucciarlo con cura. La domestica arriva e gli riempie un bicchiere di succo d'arancia fresco. Lui si gira, grazie mille, molto gentile. La madre sospira, il padre dice: « Najib, un mio vecchio amico, è il capo della banca del Marocco. Ti propone di fargli da braccio destro dopo la laurea. Anche lui ha frequentato il Polytechnique ».

« Non voglio lavorare in banca, papà. »

Il padre mette giù il giornale. « Non ho chiesto la tua opinione. Inizierai da lì e, dopo qualche anno, farai quello che vorrai. »

Mamoun si alza di scatto. L'uovo è ancora intatto. « Oggi pomeriggio vado a trovare Kenza Chérif

Falani. Anche lei è a Casa per le vacanze. Non aspettatemi per cena.»

Kenza si getta tra le braccia del suo vecchio amico. «Complimenti per il Polytechnique, sei sempre stato eccezionale!»

Milouda porta tè e dolci. Mamoun si precipita a prenderle il vassoio dalle mani per poi posarlo sul tavolo. Un atteggiamento, questo, che lascia sorprese le due donne. Milouda inarca le sopracciglia e torna in cucina. Kenza non fa commenti. Mamoun mormora che la notizia della morte di Mamizou lo ha sconvolto. Poi discutono delle loro vite in Francia. Lui ha conosciuto una ragazza di Marrakech, stanno insieme, è felice. Kenza gli racconta di Alexandre. Mamoun la guarda. «Ci siamo buttati via, io e te.» Kenza tossicchia, va alla finestra. «Mi manca, lì, questo cielo così azzurro.»

«Parto domani e torno tra un anno, una volta finiti gli studi», dice lui.

«Saprai riabituarti alla vita in Marocco?»

«Perché il sistema possa cambiare, c'è bisogno di gente come noi che lo migliori.» Cala il silenzio. La dolcezza sparisce dallo sguardo di Mamoun, la sua voce si fa più grave. «Accanto a Scienze politiche c'è una brasserie che mi piace molto. La Lipp. Sai chi è scomparso, lì? Mahdi Ben Barka. Il mio modello. Sai cos'ha detto dopo l'indipendenza del Marocco? »

Kenza scuote la testa.

Lui chiude gli occhi e recita: « 'Per noi si tratta di porre fine non soltanto allo sfruttamento del periodo del protettorato, ma anche a ogni possibile sfruttamento di un marocchino da parte di un altro marocchino' ».

Quando Mamoun riapre gli occhi, Kenza non ne riconosce lo sguardo.

« Tu ti occuperai di politica? » le chiede.

« No. Sto pensando di fare marketing. Non voglio tornare in Marocco. Non subito, in ogni caso. »

Mamoun la prende per le spalle. « Ma che dici? Non vedi che tutto è politica? La fuga è un'illusione, gli altri decideranno per te, ti costringeranno a subire. Non vedi che il neocolonialismo è ovunque? L'alienazione dell'uomo da parte dell'uomo? E la donna? Non vedi la sottomissione della donna? Non senti la necessità di urlare per la tua libertà? » La voce gli è diventata acuta. Dopo un istante, la libera dalla presa. « Devo andare. »

44

Fatiha trascorre il tempo davanti alla televisione. Una volta sfumato il sogno americano, non esce che per andare a lavorare. Passano i mesi. Youssra prende in mano la situazione. Obbliga Fatiha a indossare una djellaba e la porta fuori a cena. Una volta al bancone della *mehlaba* all'angolo, Youssra ordina due tramezzini al tonno. Sta per pagare quando il cameriere strizza l'occhio a entrambe. «Sedetevi, non c'è fretta.» Sorride a Fatiha, ma lei non se ne accorge nemmeno. A tavola, Youssra le sussurra all'orecchio: «Gli piaci».

«Che cosa?»

«Il cameriere dietro il bancone.»

Il giovane porta loro il cibo. «Offro io. Mi chiamo Soufiane.»

Di rientro a casa, Youssra le porge un foglietto con un numero, vuole rivederti. Fatiha se lo infila in tasca, cambia argomento. Prima di mettersi a letto, salva il numero sul cellulare e invia un messaggio.

Ciao, sono Fatiha. Grazie per il tramezzino.

La risposta è istantanea.

Come stai, bellezza? *Rada nt3aytou,** sentiamoci domani

Per il primo appuntamento, Soufiane fa le cose in grande: la va a prendere all'ospedale e fanno il giro della costa di Casa. Sulla moto arancione, il vento di gennaio scompiglia i capelli di Fatiha. Soufiane parcheggia in un vicolo vicino al faro e camminano mano nella mano fino al Mégarama. Per due volte, non appena vedono un poliziotto, si allontanano di scatto l'uno dall'altra. Soufiane non ha nessuna intenzione di pagare una *bakchich*, una tangente, di cento dirham o di beccarsi un predicozzo del tipo: «Potreste finire in prigione! Non ci si prende per mano se non si può esibire un certificato di matri-

* Sui social e nei messaggi, le cifre vengono utilizzate per trascrivere foneticamente le lettere arabe che non hanno un corrispettivo nell'alfabeto latino. (*N.d.A.*)

monio! » Cento dirham sono la somma che ha previsto di spendere tra benzina, cinema e popcorn. Uno dei suoi fratelli gestisce una pizzeria a Hay Hassani, perciò la cena è gratis. Comincia il film, lei gli si stringe contro. Lui sa di tonno. Appoggia la mano sinistra sulle cosce di Fatiha e poi risale. Allenta il bottone e abbassa la zip. Con l'indice le accarezza il clitoride. *Finalmente uno che sa a cosa serve,* si dice lei, chiudendo gli occhi.

45

Kenza ammazza il tempo sfogliando una rivista. Ha ottenuto un contratto a tempo indeterminato nel reparto marketing di una grande azienda e sta aspettando il suo futuro capo per firmare i documenti. E, poiché le buone notizie non arrivano mai da sole, Alexandre le ha proposto di andare a vivere da lui. Lei ha accettato, anche se poi le è subito venuto in mente cosa avrebbe detto suo nonno. In Marocco, prima ci si sposa e poi si vede. Ma ha scacciato il pensiero: *Qui non siamo in Marocco e Bassidi Abbas non ha voce in capitolo, cazzo.* Non vede l'ora di cominciare questa vita adulta che le sembra così dolce. Non resta che presentarsi alla prefettura di polizia per il cambio di status. L'amministrazione scolastica le ha assicurato che si tratta di una semplice formalità, considerati i suoi titoli di studio e la promessa di assunzione. È felice di questa vita che si è costruita. Di questa libertà. Di questo bozzolo insieme con Alexandre. La porta si apre e compare un uomo. «Lei dev'essere la nostra nuova recluta, benvenuta.»

Uscendo di lì, col contratto firmato sotto il braccio, Kenza raggiunge Rayan al McDonald's più vicino. Non lo vede da diverse settimane, impegnata com'era a cercarsi un lavoro. Non appena entra, nota subito i suoi capelli arruffati davanti alla cassa. Si offre di pagare, ordina una Diet Coke e insieme trovano posto in fondo al locale. Quando solleva gli occhi per guardarlo, per poco non le prende un colpo. Si è fatto crescere la barba, è quasi irriconoscibile. E il sorriso si è spento.

«I tuoi stanno bene?»

«La mamma dice di passare a trovarla.»

«Verrò la prossima settimana.»

Rayan ingoia il suo hamburger senza alzare lo sguardo. Lo divora così in fretta che Kenza dubita che ne senta davvero il sapore. «È quasi il tuo compleanno. Diciott'anni: bisogna festeggiare!»

«Che stai dicendo? È puro *hess*, proprio *hess*.»

«Puoi parlare in francese, per favore?»

«Uno schifo, ma lascia perdere, *la fassia*.» Allontana la sedia dal tavolo, si prende la testa tra le mani. «Ti faccio paura?» Non ricevendo risposta, prosegue: «Ti faccio paura, con la mia faccia da clandestino, la pelle scura e i capelli crespi? Se m'incrociassi per strada, ti spaventeresti? »

« No. Però... ecco, magari eviterei la barba. »

« Gli Alexandre possono farsi crescere la barba per moda e a me fa diventare un terrorista? » Davanti al mutismo di Kenza, Rayan continua: « Faccio paura anche senza la barba. Lo so. Devo camminare lentamente e sorridere come un fantoccio per dimostrare che sono inoffensivo. Tu sei abituata alle facce arabe. E poi alle tipe piace lo stile afro. Il vero problema sono i *keuf*, gli sbirri. Non appena mi vedono, mi becco subito un bel controllo dei documenti. Sull'autobus, in metropolitana, i controllori puntano soltanto quelli come me. Quante volte sono stato fermato solo la settimana scorsa? Quindici. Due al giorno. E se dico qualcosa mi portano dritto in commissariato ».

Kenza si concentra sulla cannuccia della sua Diet Coke. Poi replica, con voce seccata: « Piantala di fare la vittima! Guarda che non gliene frega niente a nessuno che sei arabo. Sei sveglio, sono sicura che ti diplomerai. Tua madre mi ha detto che ti sei iscritto a Economia a Nanterre. Pensa a quello. Impara un mestiere, guadagna dei soldi, sii libero ».

« Parli come i miei! » Rayan ride e lei, finalmente, lo riconosce.

Prima di lasciarlo tornare al suo quartiere, gli chiede: « Perché mi chiami *la fassia*? Non hai mai messo piede a Fès. E nemmeno io ».

« Ho sempre sentito mia mamma chiamare così tua nonna, che riposi in pace. Mia madre mi ha detto che era una gran signora. Non so, tu sei diversa. Sei araba e hai studiato un botto, diventerai qualcuno. E poi te ne batti il culo di mangiare halal, di rimanere vergine o del fatto che il tuo tipo abbia il cazzo spuntato! »

46

Parigi, 10 dicembre 2011

Cara Mamizou,

sono le cinque del mattino. Non riesco a dormire. Ho fatto gli esercizi di respirazione; ho contato le pecore; ho ascoltato un po' di musica, che è la mia ultima risorsa. Allora mi sono alzata, per non svegliare Alexandre. Adesso me ne sto qui nel soggiorno con cucina a vista del nostro appartamento. Di fronte a me ci sono la mia collezione di magneti e i quadri che abbiamo appeso. Tra questi, il ritratto di una ballerina che fa gli allungamenti prima di ballare. Per appenderlo, Alexandre ha preso per sbaglio il filo della corrente. Da allora non abbiamo più rimesso la luce in soggiorno, ma questa storia ci fa ancora ridere. Sai, mi sarebbe tanto piaciuto farti conoscere Alexandre. Bassidi Abbas non sa che vivo con lui. Non ci riesco, a dirglielo, è come se ci fosse qualcosa che me lo impedisce. Una specie di errore di sistema del cervello. A ogni modo, non ce ne sarà bisogno, di dirglielo, perché tanto tra poco sarà tutto finito. Il nonno ne sarà felice.

Si ferma un attimo, regola la luce della lampada, riprende la penna.

Il mio cambio di status è stato respinto. Ieri sono stata in prefettura. Volevo capire come mai ci stessero mettendo così tanto. Ho presentato la domanda prima dell'estate e mi hanno spiegato che mentre aspetto l'esito della pratica non posso iniziare un lavoro a tempo pieno. Il mio capo è stato comprensivo, ha aggiunto una clausola al contratto per consentirmi d'iniziare come stagista, in attesa che le mie carte fossero pronte. Il mio status di studentessa scade alla fine di dicembre. Il mio permesso di soggiorno temporaneo scade il primo gennaio 2012 e non avrò un permesso di lavoro. A fine maggio è passata una circolare che ha inasprito le regole. La circolare Guéant. Ho fatto alcune ricerche per vedere di capirci qualcosa. Dà nuove disposizioni alle prefetture per abbattere l'immigrazione grazie alla riduzione del numero di permessi rilasciato agli studenti stranieri che chiedono di rimanere nel Paese per lavorare.

In Francia l'estrema destra guadagna voti. Dal momento che gli studenti marocchini sono i più numerosi, subito seguiti dagli algerini, ti lascio indovinare chi siano i primi bersagli del governo.

Volevo rimanere neutrale, nonna. Non dover scegliere da che parte stare. Non dover decidere cosa pensassi del velo, del loro Islam, delle loro banlieue. Solo che non si può sfuggire alla storia. Il mio nome, la mia origine, questo sangue che mi scorre nelle vene. La storia mi porta con sé, mio malgrado. Hanno scelto per me: sono una degli altri. Non lo avrei mai creduto. Perché mi hanno cresciuto facendomi amare la Francia, fin da piccola, se poi dovevano dirmi di andarmene? E perché non fanno amare la Francia a quelli che ci sono nati? Sono tante le cose che non tornano. Mi gira la testa, ma la giostra continua a girare e io non riesco a scendere. Mi manca l'aria, non ci capisco più niente. Troppo presto, Alexandre si sveglierà e dovrò dirgli qualcosa. Non la verità, no. Non sopporterei l'idea di dovergli dire che sono una specie di appestata. Non sopporterei la sua proposta di pensare insieme alle soluzioni. Sarebbero tutte pessime. Nel momento in cui ti scrivo, non mi sento più uguale alla gente di qui, non mi sento più al livello di Alexandre. Mi sento inferiore e mi odio per il fatto stesso di sentirmi così. Forse si offrirà di sposarmi per rimediare all'errore della prefettura. Mi dirà che le amministrazioni sono mostri di carta, incapaci di comprendere la complessità umana. Mi dirà, ne sono sicura, che ce la faremo, che saremo noi a crearci le nostre regole. Che la cecità degli Stati è lontana, molto lontana dalle storie dei singoli. Sarà meraviglioso. Perché lo è. E io sarò stupida, sicuramente, ma non lo sposerò mai per avere quelle carte. È al di là delle mie forze e di tutti i valori che mi hai trasmesso. Mi sentirei come se gli dovessi qualcosa. L'uguaglianza sarebbe persa per sempre.

Mamizou, dove trovo le regole del gioco? Chi può darmi le istruzioni di questa strana epoca?

Quando si sveglierà, gli dirò che l'ho tradito, che non lo amo più, che intendo lasciarlo. Mentirò. A lui. A me. Come in un film di serie B. Una brutta tragedia greca. L'eroina che preferisce una vita disastrata ma libera. Fa francamente schifo, come trama. Ma a nessuno importa, se non a me. E a lui, di riflesso. Un danno collaterale. Insignificante nel Glorioso Concerto delle Nazioni, giusto?

Sto per tornare in Marocco e tutto si mescola, il calore della mia infanzia, il mio arrivo qui, le persone nate in Francia che sognano solo di lasciarla, chi ama questa cultura che è invece costretto ad andarsene, la demonizzazione dell'Islam, i nuovi convertiti che mi provocano angoscia, Rayan che pensa di fare paura agli altri e che ha ragione, questa doppia cultura che non rientra in nessuna delle loro categorie. Alla Francia mancano i viaggi, in strada come attraverso le parole. E il Marocco. Questo Marocco che amo così tanto, dove ancora c'è tanto da fare. Ho paura di tornarci, di viverci. Voglio poter pensare come mi pare. E credere solo se lo sento davvero. Senza dovermi nascondere per mangiare, per bere, per fare l'a-

more. Senza trovarmi costretta in una cornice tanto obsoleta. Il mondo è così grande, i Paesi così tanti, ma io mi sento a casa solo attraverso le lettere che ti scrivo. Sono queste pagine la mia vera patria.

Alexandre sta per svegliarsi. Devo dargli la notizia. Dammi il coraggio. Non ne ho più.

Tua nipote,

KENZA

Piega i fogli e li infila in una busta rossa. Scrive *Per Mamizou,* poi torna in camera da letto. Alexandre sta dormendo, il respiro è regolare. Kenza apre a tentoni il cassetto del suo comodino. Infila la busta rossa nello *Spleen di Parigi,* vicino alle altre due. Ripone il libro al suo solito posto, chiude il cassetto, guarda l'ora: altri dieci minuti prima che suonino le sveglie. S'infila sotto il piumone. Alexandre dorme su un fianco, dandole la schiena. Lei si stringe al suo corpo, sente le gambe, le natiche, le spalle. Si accoccola contro di lui e gli affonda il naso dietro il collo.

47

Soufiane è venuto a trovare spesso Fatiha. Le ha messo la TV satellitare perché potesse guardare i canali francesi, cosa che l'ha fatto subito piacere a Youssra. Da febbraio fino al referendum del primo luglio 2011 per la nuova costituzione, Fatiha e Soufiane sono rimasti chiusi in camera. Hanno passato la Primavera Araba a fare l'amore, sempre da dietro, in versione lubrificata. Quando lui la penetra, lei non prova nessun piacere. Lo lascia venire, poi gli chiede di accarezzarla e, spesso, è a quel punto che anche lei raggiunge l'orgasmo. Ogni volta che Soufiane le chiede di farlo «normalmente», la risposta di Fatiha è sempre la stessa: non prima del matrimonio. Non ha ceduto nemmeno il giorno del suo compleanno, quando le ha fatto una sorpresa portandola a El-Jadida per il fine settimana. Soufiane ha fatto i salti mortali per poter dormire nella stessa camera. La legge lo vieta alle coppie non sposate,* ma uno dei suoi fratelli conosce il guardiano notturno. È la solita storia. Gli ha allungato una banconota da cinquanta dirham, e lui ha detto: « Tranquilli, prendete la stanza 101. L'importante è che domani mattina ve ne andiate prima delle otto ».

Il ricordo di quel fine settimana a El-Jadida le ha lasciato le farfalle nello stomaco per molto tempo. Poi, nel novembre del 2011, Fatiha ha ceduto alle promesse di Soufiane. Con la promessa che le avrebbe presto fatto conoscere sua madre, e del matrimonio che li avrebbe uniti per tutta la vita, ha accettato di violare i suoi principi. Hanno fatto l'amore. Da davanti. Contro il muretto dietro l'ospedale in cui lei lavora. Soufiane le ha detto: « Ti voglio », come nei film comprati di contrabbando al suq di Derb Ghallef.

* L'articolo 490 del codice penale marocchino vieta i rapporti sessuali al di fuori del matrimonio. (*N.d.A.*)

PARTE QUINTA

ALLA VITA, ALLA MORTE?

48

Sabato 31 dicembre 2011

Abbas Chérif Falani si risveglia preda di una malinconia familiare. Non è la nostalgia che fa desiderare di rivivere i momenti passati, cosa che considera una debolezza. È piuttosto una nebbia impalpabile che gli si è adagiata sul cuore e che lui vede come il presagio divino di una fine annunciata. Come tutte le mattine da quando aveva vent'anni, esce dal letto senza indugi. Non è uno che si crogiola sotto le coperte. Tuttavia, da quando sua moglie è morta, nel momento in cui si alza sente che le gambe lo reggono solo per miracolo. Si esamina le mani che, a ogni risveglio, vengono colte da spasmi. Sospira, si dice che la vecchiaia è una condizione di cui farebbe volentieri a meno, ma cambia idea all'istante. Se c'è una cosa che Abbas Chérif Falani detesta più del decadimento del corpo è l'idea di essere l'ultimo di una grande stirpe in via di estinzione. Ripensa alla tragica morte dell'unico figlio e di nuovo lo invade il dolore provato in quel giorno terribile. Il destino ha deciso che fosse lui l'ultimo degli Chérif Falani, e che dopo di lui la storia non sentirà più parlare del suo sangue. Kenza ne perpetuerà una parte, qualcosa, ma non è lo stesso. Questa sentenza lo fa infuriare. All'improvviso, si mette in testa di sovvertire i piani del *maktub*. Indossa la vestaglia e si precipita nello studio, dove lo attende la sua tazza di caffè, ancora fumante.

Controlla i cavi del telefono fisso. Con la schiena dritta e la testa alta, nonostante i segni del tempo, conserva la nobiltà di un portamento appreso fin dall'infanzia. Accende un sigaro e appoggia un paio di fogli bianchi sulla scrivania. Il suo amico, il generale Alami, gli ha suggerito di scrivere le sue memorie. « Così la tua storia durerà in eterno », gli ha detto. Da quando ci pensa, gli è venuta qualche idea per il titolo: *Un destino all'ombra di tre re*, *I miei anni al potere* o *La mia vita e il regno*. Riflettendo sull'incipit, tira una lunga boccata di fumo. Scocca un'occhiata all'unica foto lì esposta. Sua moglie gli sorride, raggiante di giovinezza. Quel volto lo riporta indietro di anni. Gli tornano in mente i ricevimenti, le lunghe riunioni notturne al gabinetto reale, le discussioni strategiche, sempre a bassa voce, per avanzare sullo scacchiere politico. Lo scacco matto di cui è stato vittima. « Non è finita », dice. Allontana i fogli con gesto infastidito. Squilla il telefono di casa: una novità, dopo tanti anni. Abbas trema: il Makhzen? Il capo di gabinetto del re? Possibile che a chiamarlo sia Mohammed VI in persona? Risuona un secondo squillo e, nella fretta, Abbas rovescia il caffè per terra.

« Pronto? »

« Buongiorno, signore, siamo un nuovo servizio di consegna pizze a domicilio. Ci siamo appena trasferiti in zona e... »

« Non dovete mai chiamare su questo numero, chiaro? » Abbas riattacca e, sentendosi sopraffare dalla collera, chiama l'autista a gran voce. Poi comincia a misurare il pavimento a grandi passi. Questo bastardo si fa aspettare? Vedrà cosa lo attende. « Ali! Vieni qui! »

Compare Milouda, terrorizzata. « È con *chrifa* Kenza. È uscita presto, stamattina, e non è ancora tornata », spiega in un sussurro.

Abbas si morde l'interno della guancia. Ha giurato alla moglie che l'autista sarebbe stato l'unico su cui sfogare i suoi nervi. Uscendo dallo studio, dice alla domestica: « Va be'. Lava il pavimento, c'è caffè ovunque ».

Per via della distanza e delle differenze che le separano, Kenza ha cercato di dimenticare quella giovane donna cui voleva bene come a una sorella. Solo che non ci è riuscita e vederla così, su questo letto d'ospedale, priva di sensi e alimentata da una flebo, non fa che rafforzare il suo senso di colpa per non essersi fatta sentire. Prende la mano di Fatiha nella sua, rabbrividisce al pensiero che le sue palpebre possano non aprirsi mai più. Dopo la morte dei genitori, dopo Mamizou, Fatiha non ha il diritto di lasciarla sola. Da bambine, giocavano a paziente e dottoressa. Quando toccava a Fatiha impersonare la paziente, fingeva di svenire lasciandosi cadere a terra con uno schianto, e poi restava lì, spacciandosi per morta o, quantomeno, incosciente. Presa dal panico, Kenza la implorava di smetterla. Anche questa volta scuote il braccio della paziente e le dice, con una voce che scaturisce dall'infanzia: « Ora svegliati! Non mi diverte più, questo gioco! »

49

Il dottor Marcos García indugia un lungo istante a osservare i tratti del viso di Fatiha, gli occhi, la linea perfetta del naso, la bocca. Si attarda sulle labbra eleganti e carnose. Sono troppo pallide. Nonostante la lavanda gastrica effettuata in extremis, la ragazza è ancora fragile. La notte è calata da un pezzo, fuori e, a dispetto dell'ora tarda, un gruppo di ragazzini tenta di vendere un ultimo pacchetto di chewing-gum alle auto di passaggio. A loro non importa che sia l'ultimo dell'anno. E nemmeno per lui fa differenza. Controlla il polso di Fatiha per la terza volta. Costante. Ormai passa a trovarla a ogni pausa. Sarà perché è incinta ed è quasi morta? O per la dolcezza che ritrova in quei lineamenti? Spera magari che, al risveglio, possa cambiare idea sul bambino? Era troppo debole perché lui potesse eseguire l'aborto contemporaneamente alla lavanda gastrica.

Dopo aver verificato le condizioni della madre e del bambino, si siede su una sedia accanto al letto, sospira e guarda l'orologio. Le 23.58. Un anno finisce e un altro sta per cominciare. Si stringe nelle spalle, ripensando alle feste cui è stato invitato. Da quando sua moglie lo ha lasciato per un altro uomo, preferisce trascorrere l'ultimo dell'anno da solo. Senza abbracci. Senza champagne. Fuori, Casablanca e il suo tumulto. Ha sempre odiato questa città, il suo modo costante di aggredire i sensi, i suoi abitanti sempre così stressati, nervosi, distanti. Bella stronzata, trasferirsi per amore. Sarebbe dovuto rimanere a Tangeri, dov'è nato, dov'è cresciuto. I suoi genitori, farmacisti andalusi, si erano stabiliti in Marocco al tempo in cui Tangeri era sotto lo statuto internazionale, ed erano rimasti anche dopo l'indipendenza. Lì il piccolo Marcos aveva imparato l'inglese, il francese e la *darija*: il vantaggio di crescere in una città che rappresentava un crocevia di popoli. Era stato al liceo spagnolo di Tangeri che aveva conosciuto l'ex moglie e si erano perdutamente innamorati. Perciò, dopo il diploma di maturità, quando i genitori di lei avevano deciso di trasferirsi a Casablanca, lui l'aveva seguita. Una bella sciocchezza, perché qui non si è mai sentito a casa. A distanza di quasi quarant'anni, non si è fatto un amico degno di questo nome. I pochi che aveva, li ha persi col divorzio. Una lacrima gli sfugge dall'occhio per poi sparire. Questa solitudine, più passano gli anni e più la annega nel lavoro, nei turni in ospedale. Lo strepitio dei clacson lo riscuote dai suoi pensieri. Guarda Fatiha. « Buon anno, dolce signorina. » Questa donna, i suoi occhi e la forma del suo viso gli ricordano una ragazzina di Tangeri che vedeva quand'era bambino. Era la figlia di una mendicante che incrociava ogni mattina mentre andava a scuola. La piccola aveva la sua età e lui la trovava bellissima. Aveva la pelle color caramello, una postura eretta e orgogliosa, e uno sguardo in cui potevi smarrirti. Ogni volta, puntualmente, Marcos abbassava gli occhi prima d'incontrare quelli di lei. Si vergognava dei suoi abiti puliti e delle sue scarpe lucide. La bambina indossava sempre un vestito rosa strappato sulla schiena e girava scalza, con la pioggia e col vento. Che fine avrà fatto? In seguito, durante i suoi giri a Tangeri, era passato di nuovo davanti alla sua vecchia scuola; avrebbe voluto aiutarle, lei e la madre, ora che era un adulto, che aveva i mezzi per dare loro dei soldi, per trovare loro un alloggio, ma, ovviamente, erano scomparse e non c'era stato modo di rintracciarle.

Si stropiccia gli occhi e si gira verso lo specchio. « Buon 2012, vecchio furfante. Possa tu trascinare ancora per un po' la tua carcassa su questa terra e continuare a dare la vita. »

Riempiendosi un bicchiere di Diet Coke, Kenza si dice che avrebbe preferito un po' di vino. Ripensa alla conversazione con Nadia, quel pomeriggio, in clinica. « Che cosa porto, stasera? Champagne? »

La sua amica si è accarezzata il pancione. « Non ho intenzione di bere. Nemmeno mio marito, a dire il vero. Dopo la morte di suo padre, è diventato praticante. In effetti, non abbiamo previsto l'alcol. »

Kenza non si aspettava quella risposta. Si è sentita invadere dalla *hchouma.* Mista alla vergogna, però, c'era anche una certa irritazione. Nadia era stata la prima a farsi gli shot di vodka, alle superiori. L'oscurità improvvisa la distoglie dai suoi pensieri.

Nadia la abbraccia. « Buon anno! Ti auguro il meglio per il tuo ritorno a casa! Che tu possa avere presto un marito e dei figli, *inshallah.* »

Kenza non risponde, ha un nodo alla gola. Si allontana dal buffet ed esce sul terrazzo di casa Bennis. Il tetto in vetro le dà l'impressione di trovarsi in giardino, ma senza il vento. Kenza guarda attraverso il soffitto trasparente. Decine di stelle la osservano. Ha l'impressione che questa immensità possa ghermirla. *L'universo è un labirinto inestricabile.* Come una burrasca, il ricordo di Alexandre s'insinua dentro di lei. Sente montare le lacrime, quando una voce la riscuote: « Guarda un po', il primo amore di mio fratello ».

Selma Bensouda la fissa. Kenza si riprende, sorride alla sorella di Karim. « Buon anno! Come stai? »

Non ha la minima voglia di parlare, ma per la *souab,* questa forma di cortesia sociale tanto cara ai marocchini, si sforza di farlo. Viene a sapere che, dopo la maturità, la ragazza ha deciso di rimanere a Casablanca, benché si fosse iscritta a qualche università inglese o americana. « Per studiare Medicina, meglio restare qui: è stata Nadia a consigliarmelo. Ha detto la stessa cosa a sua sorella Leïla, la mia migliore amica. Così, ci siamo ritrovate insieme all'università. Eccola qui! »

Si leva una risata beffarda. « La parigina! Be', l'ex parigina... Ti sei fatta cacciare dalla Francia, a quanto pare? »

50

Kenza vorrebbe riappropriarsi della casa della sua infanzia. Bassidi Abbas si è accigliato al pensiero che potesse prendersi un appartamento da sola. « Non sta bene, e poi è pericoloso. Se hai così tanta voglia di andartene, trovati dei coinquilini, almeno, anche se non ne vedo il senso. » Kenza ci ha pensato su. Suo nonno le lascia la sua libertà, la sua chiave, l'auto, l'autista. Milouda si occupa di tutto, anche del bucato. Perché andarsene? Prima di disfare la sua esistenza parigina sul suo tappeto marocchino, Kenza dà un'occhiata all'orologio: sono le dieci. Dopo pranzo, andrà a trovare Fatiha, che finalmente è uscita dal coma. In mattinata, ha ricevuto una chiamata dalla clinica. L'infermiera le ha chiesto di aspettare qualche ora prima di passare a trovarla, perché la sua amica doveva essere sottoposta a ulteriori esami. Kenza porterà con sé Milouda, visto che comincia a preoccuparsi del fatto che la figlia non dà più notizie. Senza aggiungere altri dettagli, le ha detto che è in ospedale « per via di un piatto di sardine che le ha fatto venire un'intossicazione alimentare ».

Mentre mette in ordine le sue cose, Kenza fruga più volte nella pila dei libri e tra i vestiti, ma non riesce a trovare la copia dello *Spleen di Parigi* di Mamizou. Ripercorre mentalmente le tappe del suo trasloco. Rayan l'ha aiutata a riempire gli scatoloni e a portarli in casa dei suoi. Poi hanno caricato tutto su un camion diretto in Marocco. Ricorda di aver svuotato i cassetti, anche quello del comodino. All'improvviso, però, le viene un dubbio. Lo ha svuotato davvero, quel cassetto? Scaccia il pensiero con un gesto della mano, insieme con la mosca che le si è posata sul naso. Non può aver dimenticato quel libro. Possibile sia ancora a casa di Yemna o che l'autista del camion se lo sia perso durante il tragitto? Kenza decide di riesaminare tutte le possibilità, a cominciare dalla più semplice. Prende il telefono e invia un messaggio a Rayan chiedendogli di controllare se a casa dei suoi è rimasto qualche scatolone.

Nella sala d'attesa dell'ospedale, accanto a Kenza, Milouda non nota gli sguardi sospettosi dei pazienti che trovano incongrua la presenza di quella donna, con la sua djellaba e col velo dai nodi bizzarri, in una delle cliniche più esclusive di Casablanca. Quando scorge la madre, Fatiha si sente quasi soffocare. «Mamma, stai bene?» Cerca di alzarsi, ma è troppo debole: torna a sedersi.

Milouda, in lacrime, le bacia le mani. «Che Allah mandi a fuoco tutte le sardine del Marocco! Kenza mi ha raccontato», le dice in dialetto.

Rimasta un po' in disparte, Kenza le si avvicina. Si stringono in un lungo abbraccio come facevano a volte da piccole. In francese, perché sua madre non capisca, Fatiha sussurra: «Grazie mille, mi hai salvato la vita. Ti prego, non dire a mia madre del bambino...»

Kenza le posa una mano sulla spalla. «Certo. Infatti mi sono già inventata la storia dei pesci...»

Quando Marcos García entra nella stanza, Milouda gli prende le mani e le copre di baci. «*Shukran, shukran, shukran*», continua a ripetere.

Il medico, un po' disorientato, si affretta a ritrarle. «Non c'è di che, signora, è il mio lavoro.»

Milouda non capisce una parola di quello che le ha detto: sorride, scuotendo la testa su e giù.

Marcos, ancora vicino alla porta, guarda Fatiha. «Mi sembra in buona compagnia. Ripasserò tra una mezz'ora per visitarla.»

51

« Pronto, *la fassia*? Ho chiesto a ma' e mi ha detto che in casa nostra non ci sono altri scatoloni. »

Yemna strappa il ricevitore dalle mani di Rayan, comincia a ripetere: « Kenza? Pronto? Voglio dire *walou*, niente, zero », prosegue con una decina di « Dio ti benedica » e infine restituisce il telefono al figlio. Kenza è felice di sentirli. Rayan le dice che vuole andarla a trovare, e lei lo invita con piacere. Riattacca, va nello studio del nonno, lo trova seduto vicino al telefono fisso, intento a leggere un giallo. Chiede il numero della ditta di traslochi che le ha riportato le cose dalla Francia, la chiama. Nessuna traccia dello *Spleen di Parigi*. Delusa, ascolta con un orecchio solo Bassidi Abbas che le racconta della sua conversazione col generale Alami. Suo figlio ha frequentato sei mesi di lezioni intensive di arabo classico e ha trovato lavoro presso il ministero dell'Interno. Praticamente, è il braccio destro del ministro. « La via maestra. Tra qualche anno, sarà lui il ministro. Dovresti pensarci anche tu. »

Kenza annuisce meccanicamente e, prima di lasciare la stanza, annuncia che Rayan verrà presto a trovarli.

« Rayan? »

« Il figlio di Yemna e Abdellah. Te l'ho detto... »

« Ah, sì. Dormirà con Milouda nella dépendance. »

Kenza abbassa lo sguardo, sussurra: « È mio ospite. Vorrei che dormisse nella stanza degli ospiti ».

« È il figlio del fratello della domestica. »

« È mio amico. »

Marcos avverte un brivido quando bussa alla porta e sente: « Avanti ». Era abituato a finire i suoi giri al capezzale di una Fatiha priva di sensi. In questa stanza silenziosa, seduto accanto alla madre del bambino non ancora nato, chiudeva gli occhi e, per qualche istante, la sensazione di solitudine sembrava placarsi. Ispira, apre la porta. Fatiha si tira su a sedere sul letto. « Buongiorno, dottore. E grazie di tutto. »

Il suo francese è perfetto, cosa che, dopo aver conosciuto Milouda, lo stupisce. La guarda negli occhi e, per la prima volta, si accorge che sono azzurri. Non può fare a meno di ripensare alla piccola mendicante di Tangeri. Anche lei aveva gli occhi azzurri e fieri, nonostante l'estrema povertà in cui versava. Crescere in Marocco significa essere necessariamente testimoni di questo contrasto crudele. I bambini sono segnati da incontri del genere. Da adulti diventiamo insensibili, ce ne facciamo una ragione, abbiamo già accettato troppo. Spesso, ripensando alla bambina di Tangeri, Marcos si sente in colpa per il proprio successo, così facile, così prevedibile. Per un attimo, si smarrisce in questa marea di ricordi risvegliati da Fatiha, ma poi si riprende. «Sono contento di vedere che sta meglio. L'ha scampata bella. Per favore, la prossima volta eviti le miscele strane.»

Fatiha non risponde. Marcos va alla finestra. L'aria è mite, per essere gennaio. In questa donna c'è qualcosa che lo tranquillizza.

«Le infermiere mi hanno detto che veniva a trovarmi spesso.»

«Hanno la lingua lunga.»

«Le conosco, abbiamo studiato insieme. Anch'io sono infermiera, ma lavoro all'ospedale pubblico.»

«Dopotutto, non so nulla di lei se non la sua età e il fatto che è incinta.» Il medico ha appena finito di pronunciare la frase e già si pente di aver tirato in ballo l'argomento.

Fatiha fa una smorfia. Un ultimo raggio di sole irrompe nella stanza. Sente la sua voce domandare: «Di preciso, quand'è che potremmo fare... sì, ecco, l'operazione?»

«È illegale, e lei lo sa. A ogni modo, mantengo le mie promesse. Vorrei soltanto che ci pensasse bene. Si tratta di un atto irreversibile.»

Fatiha distoglie lo sguardo. «Lo so, ma il padre non vuole saperne, né di me né del bambino.» Le si spezza la voce, asciuga velocemente le lacrime appena comparse.

Marcos vorrebbe rispondere: *È un asino, il padre,* ma non dice niente. Si alza e fa per andarsene. Prima di chiudere la porta dice: «Si riposi. Nei prossimi giorni faremo un'ecografia e pianificheremo la data dell'operazione».

52

« Quando posso passare a ritirare il documento? »

« *Inshallah.* »

« Che significa? Sì? No? Entro una settimana? Un mese? »

« Ho detto: '*inshallah*'. Le invieremo una lettera. » L'impiegata della prefettura ha pronunciato l'ultima frase inarcando le sopracciglia, infastidita.

Mentre sale in macchina, Kenza pensa che avrebbe dovuto accettare la proposta del nonno e lasciare che fosse lui a occuparsi del rinnovo della carta d'identità. Voleva dimostrargli che può cavarsela da sola. Come no. È tutto in arabo classico, nessuno rispetta la fila e, quando finalmente tocca a te, ti parlano come se fossi un cane. E i cani, in Marocco, non fanno una bella vita. La prossima volta, lascerà che Bassidi Abbas chiami il generale Alami e prenda appuntamento direttamente col prefetto.

Lungo il tragitto dalla prefettura alla clinica, Kenza chiede ad Ali di alzare il volume della radio. Da quand'è tornata, ascolta i canali marocchini in cui i conduttori parlano in dialetto. Scopre le storie dei suoi connazionali e prova un sentimento sconosciuto, una vicinanza tutta nuova. Come spesso le succede in macchina, la sua mente vaga e il pensiero finisce per tornare ad Alexandre. Apre il finestrino, le manca l'aria, ma così facendo si sente soffocare dal puzzo dei tubi di scappamento. Richiude il finestrino e chiede ad Ali di accelerare. Quest'imbecille di un autista diventa sempre più lento. Casablanca gli ride in faccia. Lei si sforza di pensare a qualcos'altro, ma la sua realtà è più veloce. La partenza forzata, la sistemazione, altrettanto forzata. Se n'è dovuta andare dall'oggi al domani, senza dirlo a nessuno, nemmeno alle sue migliori amiche.

Kenza arriva proprio mentre Youssra se ne va, senza salutarla. Fatiha fa spallucce, e in un attimo è già dimenticata. Seguono parole, ma il loro significato non ha importanza. Mentre ridono, hanno nuovamente nove e undici anni. Questa stanza, bianca e ruvida, si trasforma in un giardino colorato da innumerevoli farfalle.

53

Marcos attende la fine delle visite per eseguire l'ecografia. Chiude la porta, abbassa le tende. Rischia fino a cinque anni di carcere se la polizia dovesse ficcare il naso. Si avvicina a Fatiha con l'attrezzatura, legge la paura sul suo viso, la rassicura: è solo un semplice esame. I lineamenti si rilassano ma, quando lui le chiede di sollevare il maglione, lei comincia a tossire e ha bisogno di qualche minuto per riprendere fiato.

Al contatto della sonda sulla sua pelle, Fatiha è colta da un fremito. Il gel che il medico ha applicato per facilitare il movimento del dispositivo sul ventre è freddissimo. Chiude gli occhi. Qualche lacrima fa capolino vicino alla sella del naso, prima di scendere silenziosamente fino alle guance. Marcos non se ne accorge. È troppo concentrato sulle immagini. Ecco il feto. A destra, la testa. A sinistra, una zona bianca e una macchiolina nera. Riconosce l'intestino e la vescica. Si sofferma sull'area intra-addominale, che scorge distintamente. Il fegato, i polmoni, l'intestino... gli organi stanno prendendo forma. Nessuna patologia. Nemmeno il cervello presenta malformazioni visibili. Sposta di nuovo la sonda. Fatiha apre gli occhi. Guarda il medico, che finalmente si gira verso di lei. « Il suo bambino gode di ottima salute. A giudicare dallo stadio di sviluppo dei diversi organi, dovrebbe avere circa dodici settimane. Vuole sentire il battito? »

Fatiha gli chiede di ripetere la domanda, al che lui capisce che la risposta è sì. Il medico individua il cuore, un lieve battito regolare. Fatiha inizia a osservare quello schermo che le aveva messo tanta paura. La testa, il corpo, ha l'impressione di riconoscere la forma del naso, quella della pancia, ascolta il ritmo di questa vita che pulsa dentro di lei. A Marcos non sfugge come lei stia accarezzando la parte del ventre non ricoperta di gel.

« È davvero il cuore di mio figlio? »

« Non posso ancora dirle se è un maschio o una femmina. Ma questo è il battito del suo cuore. »

« Mi è stato detto che era un maschio. »

Il dottore si sforza di non inarcare le sopracciglia, di evitare qualsiasi reazione. Spegne l'ecografo, ripone l'attrezzatura, porge alcuni fazzoletti a

Fatiha. Lei si pulisce la pancia, si rimette il maglione, posa una mano sulla spalla di Marcos, grazie. Per un istante, rimangono a guardarsi. Prima di andarsene, lui le dice: « Posso operarla domani sera. Passerò intorno alle otto per alcuni esami e le analisi del sangue. Ci sarà un'infermiera fidata, con me. Andremo in sala operatoria verso mezzanotte. Eviti di dirlo alle sue amiche, glielo faremo sapere quando avremo finito. Meno siamo a conoscere data e luogo, minore è la probabilità di destare sospetti. A proposito, devo chiederglielo di nuovo: ne è proprio sicura? »

« Non ho altra scelta, suo padre non lo riconoscerà mai e, se la polizia lo scopre, rischio di finire in prigione. E poi... cosa dirà la gente? Cosa dirà mia madre... che ho portato la vergogna sulla famiglia... io... »

Marcos esce dalla stanza senza darle il tempo di terminare la frase.

54

Fatiha ha finto di sentirsi esausta per indurre Youssra, Kenza e Milouda ad andarsene. Alle otto, Marcos entra nella stanza insieme con la sua infermiera di fiducia, una cinquantenne minuta dallo sguardo sereno. La donna esegue i primi accertamenti, le prende il polso, la pressione sanguigna e la respirazione. Poi le fa un prelievo di sangue. I segni dell'età sulla sua pelle hanno l'effetto di tranquillizzare Fatiha: sa cosa sta facendo. Marcos rimane vicino alla finestra e si rilassa solo quando l'infermiera se ne va. Il verde nei suoi occhi si accende, ma forse è solo uno scherzo della luce. Quando la mano del medico si posa sulla sua, un'ondata di calore s'impadronisce del corpo di Fatiha.

« Pronta per l'operazione? »

Lei annuisce.

« Ho una proposta da farle. Sono disposto a adottare suo figlio. »

Dopo un silenzio lungo qualche istante, Fatiha sussurra: « Perché? »

« Le propongo di tenere il bambino. Una volta nato, me ne prenderò cura io. La legge non permette un'adozione vera e propria, ma esiste l'istituzione della *kafala*.* M'informerò sulla procedura. Ho un'ottima posizione e crescerò il suo bambino come se fosse il mio. »

« Lei è sposato? »

« Divorziato. Mia moglie se n'è andata anche perché, tra le altre cose, non posso avere figli. Ma ho sempre voluto essere padre e adesso comincio a invecchiare... dunque, perché non cogliere quest'opportunità? » Poi, non ottenendo risposta, prosegue: « Non deve decidere stasera. Abbiamo fatto le analisi necessarie: si prenda qualche giorno per riflettere. Può lasciare la clinica domani, il suo stato di salute lo consente ».

« Perché sta facendo tutto questo? »

« Gliel'ho detto, ho sempre desiderato essere padre. » Quindi, abbassando gli occhi: « E poi, in queste ultime settimane, la sua presenza mi ha portato serenità. Magari quella di suo figlio avrà lo stesso effetto ».

* Un affido simile all'adozione, riservato ai musulmani (a determinate condizioni), che però impedisce di dare il proprio cognome al bambino preso in carico. (*N.d.A.*)

55

Davanti all'aeroporto Mohammed V, Kenza riflette sul fatto che Rayan non ha perso tempo. Sono passati solo pochi giorni dalla loro telefonata. Si guarda intorno. Sempre la stessa scena, gli stessi personaggi. Palme arruffate dal vento; tassisti che vanno di fretta; poliziotti dall'aria severa; lacrime di chi si ritrova e di chi si dice addio. Il gate degli arrivi si apre e i passeggeri provenienti da Parigi escono a gruppetti. Fa freddo. Forse avrebbe dovuto dar retta a Bassidi Abbas e mandare l'autista a prendere Rayan. Compare un lenzuolo nero. La donna in niqab avanza dietro un uomo di trent'anni che indossa un kamis beige sopra gli abiti sportivi, e ai piedi calzini grigi e sandali marroni. C'è qualcosa di sbagliato negli *zmag*, i franco-marocchini, si dice. La coppia e la loro enorme valigia sfilano a qualche metro di distanza da lei. La donna tiene gli occhi incollati a terra, ma l'azzurro delle iridi e le sopracciglia bionde attirano l'attenzione di Kenza, che cerca d'indovinarne i lineamenti, celati dal velo. Prima che i due si fiondino su un taxi, Kenza intravede una ciocca di capelli che, per errore, sfugge al tessuto nero. Sono biondi. Spinta dall'uomo, che ha fretta di partire, la donna sparisce all'interno dell'abitacolo. Kenza rimane a guardare il taxi confluire nella moltitudine di auto in fuga dall'aeroporto. Segue con lo sguardo il veicolo, il lenzuolo nero e gli occhi azzurri. Ripensa a Clémence, a Emma, a Chloé, a Aude e a tutte le donne bionde che conosce. Un brivido la percorre. Il vento, senza dubbio.

Viene richiamata alla realtà da un « *la fassia!* Sei tu? *La fassia!* » Rayan e il suo sorriso. Ha la testa mezza rasata come l'uomo col kamis beige. Per fortuna, però, non indossa lo stesso vestito, pensa Kenza, abbracciandolo.

Rayan rimane colpito dalla casa degli Chérif Falani. Saluta la zia e chiede di vedere tutte le stanze. Nella camera degli ospiti, salta sul materasso. « *Wesh*, come hai fatto a resistere in Francia quando qui hai tutto questo? Questa stanza è più grande dell'appartamento dei miei! »

Kenza si siede accanto a lui. « Non esagerare, ci sono altre cose, lì. »

Rayan ha tenuto le scarpe sul letto e lei non osa dirgli di togliersele. Lui le racconta di aver deciso di trasferirsi, che ha chiuso con gli studi ma che non lo ha ancora confessato ai suoi. Kenza gli chiede cosa c'è che non va in università. Invece di rispondere, lui si rolla una sigaretta. Ma Bassidi Abbas detesta il tanfo di tabacco stantio, perciò Kenza dice a Rayan che, se vuole fumare, deve farlo in giardino. Certo, scusa, e il ragazzo infila subito la sigaretta, già rollata, nella tasca posteriore dei jeans.

« Immagino che in camera da letto non si possano fumare nemmeno le canne, giusto? Scherzo, *la fassia*, non fare quella faccia, non sono uno zotico. »

Kenza, di rimando: « E l'università? Troppo difficile? »

« Non fa per me. Lascia perdere, mi chiamano Mohammed, quei cretini. Non preoccuparti, mi sono trovato un lavoro pazzesco, mi occupo di consegne. Faccio un sacco di soldi e non c'è bisogno di curriculum o titoli di studio. Le tipe cadranno come mosche. Tra sei mesi lascio la casa dei vecchi e tra un anno mi trasferisco qui. »

« Non ci ho capito niente. »

« Zia, sei più indietro dei miei! In breve: non stare in pena per me. Diventerò milionario, vedrai. »

56

« Bassidi, mi daresti la carta di credito? Io e Rayan andiamo in spiaggia con alcune amiche. »

Il nonno porge la carta di credito a Kenza e torna nello studio senza degnare Rayan di uno sguardo. Da quand'è arrivato lui, Abbas Chérif Falani evita le stanze comuni. Non ha niente da dirgli e non capisce perché mai debba condividere i pasti con loro. *Manca solo Milouda. E Ali, già che ci siamo. Vale tutto, ormai.*

Lungo la strada, Rayan chiede notizie di Fatiha. Vuole vederla prima di partire, le ha lasciato diversi messaggi. Kenza s'inventa che l'amica sarà molto impegnata coi turni in ospedale fino al giorno della sua partenza. Il ragazzo tace, incolla il naso al finestrino dell'auto e conta gli alberi che lo separano dall'oceano.

Alla vista dei dolci, Kenza tira un sospiro di sollievo. Non c'è una cosa che vada bene. Né le osservazioni di Rayan sul prezzo del cibo né gli sguardi beffardi di Leïla e Selma o i loro bisbigli in inglese. Perché ha invitato Nadia? Perché ha accettato che portasse anche la sorella e la sua amica? Lo sapeva che quel ritrovo sarebbe stato un fiasco. Ma si era detta che forse si sbagliava, che le differenze non sarebbero emerse, che sarebbe stata una bella giornata tra amici. Quando arriva il conto, pensa di essere giunta alla fine delle sue sofferenze. Il cameriere lascia lo scontrino accanto all'unico uomo seduto al tavolo. Rayan legge il totale. « *Wesh*, è caro da pazzi! Facciamo che ognuno paga la sua parte? »

Selma e Leïla lo fissano. La sorella di Nadia ridacchia e poi, scoccando un'occhiata sconcertata verso Kenza, esclama: « Non mi direte che dobbiamo dividere il conto? »

« Certo che no », replica Kenza, afferrando lo scontrino. « Offro io. Insisto. »

57

È passata una settimana da quando l'hanno dimessa dalla clinica. Una settimana in cui Fatiha non si è fatta la doccia, non si è pettinata e non si è nemmeno guardata allo specchio. Il grande giorno è arrivato: entro sera dovrà dare una risposta a Marcos. Solo che non ha ancora deciso se tenere il bambino. Tutto si mescola. La sua felicità nell'apprendere di essere incinta, l'abbandono di Soufiane, quegli strani liquidi che ha ingerito, la vergogna di dover crescere un figlio da sola. L'acqua bollente della doccia la scuote. Si accarezza il ventre, ha l'impressione di sentire il bambino muoversi. Non ha condiviso la proposta del medico con nessuno. Vuole scegliere da sola, per sé. Ha semplicemente detto a Youssra di non aspettarla per cena. Mette l'abito nero, le scarpe coi tacchi, il rossetto dello stesso colore delle scarpe. Il pensiero va a Kenza: che cosa direbbe? Che cosa farebbe, lei, al suo posto? Ma lei non c'è, al suo posto e, se anche vivono nello stesso Paese, la legge per loro non si applica allo stesso modo. Fatiha prende una giacca di finta pelle scamosciata acquistata in saldo a Mâarif e si dirige verso la porta d'ingresso. Sta per uscire quando si ritrova faccia a faccia con Youssra.

« Ah-ah! Come mai ti sei messa in tiro? »

« Lasciami in pace. Devo concordare una data per l'operazione con Marcos García. »

« Vuoi sedurre il bel dottore spagnolo. Fai attenzione, è vecchissimo, e poi non è nemmeno musulmano. »

Il luogo dell'incontro è uno di quei posti in cui ti accolgono con « buonasera, signora », dove ti tengono la porta aperta, dove tutti i camerieri sono in smoking. Uno di quei posti in cui Soufiane potrebbe lavorare. La accompagnano al tavolo del signor García. Fatiha ha l'impressione che tutte le donne la guardino, si sente troppo ingessata in quel vestito assurdo, continua a ripetersi che i tacchi e il trucco fanno un po' puttana. Marcos le dice: « È bellissima ». E questo la rassicura. Osserva le posate. Ce ne sono per tre. Viene colta da un inizio di ansia. Lui, con aria divertita, confessa: « Non so mai quale forchetta prendere, perciò lascio decidere al caso! » Poi ride mostrando i denti bianchi, e lei si rilassa.

Parlano dei loro cibi preferiti, del suo lavoro d'infermiera, degli orari di Marcos. Lui le chiede se può darle del tu, lei risponde di sì. Dopo l'antipasto, lui le sfiora la mano mentre cerca di prendere il tovagliolo e arrossiscono entrambi. Lei dimentica di essere quasi morta per avvelenamento, dimentica di essere incinta. Si parlano in francese e poi in dialetto arabo. Lui le dice di essere figlio unico e lei replica che è una cosa che hanno in comune; poi, anche se si vergogna ad ammettere che sua madre è una donna delle pulizie, gliene parla lo stesso. Lui le prende la mano, sussurrando che nessuno è definito dalla propria nascita, che la vita di ognuno è soprattutto ciò che ne fa. Lei lo guarda, stupita, dice così perché è straniero.

Marcos abbassa lo sguardo, si rende conto che lei non gli crede, sa benissimo che lì, in quel Paese, è la nascita a suggellare il destino. Guarda di nuovo Fatiha negli occhi. È di una bellezza scintillante. È giovane e il suo futuro è già rovinato per una storia di sesso. È così ingiusto.

A Fatiha non piacciono i silenzi. Sente che Marcos è perso nei propri pensieri, nota la tristezza nel suo sguardo, non sa che è proprio al suo futuro che sta pensando, ma si vede cogliere dall'impulso di mettere la mano sulla sua e stringerla piano, una lieve pressione di cui non si accorge nessuno. Sorpreso da quel gesto, Marcos si riscuote dalle proprie fantasticherie. La tristezza lascia il posto a una timida tenerezza. Rimangono così, mano nella mano, a discutere di tutto e di niente. Finita la cena, Marcos propone una passeggiata sul lungomare di Casablanca. Parcheggia l'auto all'altezza del Mégarama. A Fatiha, la vista del cinema riporta alla memoria la sua prima uscita con Soufiane, ma respinge il pensiero inalando l'aria di mare, quel mare che tiene loro compagnia avvolgendoli entrambi in un respiro roco.

« Ho chiesto informazioni sulla *kafala*. Allo stato attuale, non posso prendermi cura di tuo figlio. Mi dispiace. »

Fatiha si ferma. Pensava che la scelta sarebbe stata sua. Marcos, intanto, con gli occhi persi nell'oceano, continua: « Bisogna rispettare diverse clausole. Per prima cosa, dovrei essere musulmano. Il che al limite si potrebbe pure sistemare. Per convertirsi basta una frasettina: se il sistema è ipocrita, tanto vale stare al gioco ». Si ferma per qualche istante. Il mare muggisce e un vento fresco fa tremare Fatiha.

Poi prosegue: « Il vero problema è che un uomo single non può adottare un bambino ».

« In tal caso, la mia decisione è presa. Mi operi il prima possibile. Non abbandonerò il mio bambino in un orfanotrofio. Non se ne parla. »

« Si era detto di darci del tu. »

Fatiha non risponde. Marcos tace, la osserva. Si perde nei suoi pensieri. È davvero bella. E così giovane. Forse... Chi lo sa...? « C'è un'ultima soluzione. Il matrimonio. Riconoscerò il tuo bambino come mio e i tuoi problemi saranno risolti. »

58

Kenza chiede all'autista di accompagnare Rayan all'aeroporto. Il giovane l'abbraccia, grazie, è stato fantastico! L'auto scompare, lei si sente sollevata. In salone, trova il nonno. Per la prima volta dopo tanto tempo, sente il bisogno di rannicchiarglisi accanto, di respirare il suo profumo, l'odore che le ricorda l'infanzia dalla quale non sarebbe mai voluta guarire. Forse lui si accorge che ha un'aria triste perché, per un attimo, il suo sguardo perde la consueta durezza. « Come stai, piccola mia? »

Kenza guarda quel viso su cui sono apparse diverse rughe. E quelle mani, la loro pelle troppo sottile e le ossa che sembrano poter andare in frantumi da un momento all'altro. Sente le sue labbra dire: « Non credevo fosse questa la realtà. Non volevo crederci ».

Lui non risponde subito. Le va incontro e, per un attimo, lei ha l'impressione che stia per abbracciarla.

Invece il nonno continua a camminare verso la radio, la accende. Quando Bassidi parla, la sua voce ha ritrovato la solita freddezza. « Ti ci abituerai, prima o poi. Te lo auguro. »

Alla radio, danno le notizie in arabo classico. Kenza cerca di seguire quello che dicono le voci, ma non ci riesce. Si alza ed esce dalla stanza, irritata dalla sensazione di scoprirsi analfabeta nel proprio Paese.

Quando scorge il gatto con un occhio cieco e il guardiano sdentato, Kenza ha un brivido. Il vecchio felino miagola nel sentire l'odore della scatola di cioccolatini che lei tiene tra le mani. In dialetto, il guardiano le dice: « Non morde ». Poi, dopo un rutto, aggiunge: « Da chi stai andando? »

« Da Fatiha. »

« 'Fatiha' chi? Sai quante ne conosco? »

Kenza cerca di ricordare il cognome della sua amica d'infanzia, ma non le sovviene. Di fronte al suo sguardo smarrito, il vecchio dice: « Ricordi almeno il piano? »

« Il quinto, mi hanno detto. La porta a destra. »

« Ah, quella Fatiha. Entra e chiudi bene la porta dell'ascensore. Devo passare un po' d'olio d'oliva negli ingranaggi, ma ci vuole tempo e di pomeriggio mi fanno male le gambe. »

L'ascensore puzza di piscio. Quando, una volta al piano, la porta non vuole saperne di aprirsi, Kenza pensa di svenire. Spinge forte, schiacciando nello slancio la scatola di cioccolatini. Quando esce in corridoio, prende un respiro profondo. Appare Youssra, le prende i cioccolatini dalle mani e rientra nell'appartamento senza dire una parola.

« Benvenuta a casa mia! » Fatiha ha ripreso a parlare a Kenza in *darija*, lasciandola poi rispondere in francese.

Youssra posa la scatola di cioccolatini vicino all'ingresso e corre a chiudersi in camera sua. Felici di essere sole, le altre due vanno in soggiorno. Kenza è commossa nel vedere Fatiha in piedi e in ottima forma. « Per quand'è prevista l'operazione? »

Fatiha riempie due bicchieri di succo, ne porge uno a Kenza. « Ho due buone notizie. Terrò il bambino e mi sposerò. Marcos, il medico spagnolo, vuole sposarmi. Riconoscerà mio figlio come suo. Vedi, nessun problema. »

A Kenza per poco non va di traverso il succo. Fatica a trovare le parole. «Lo conosci appena... Io... non so cosa dirti.»

«Puoi farmi gli auguri. Ha una villa con piscina ad Anfa e ha promesso di farmi viaggiare. Con lui, il visto non sarà più un problema. Youssra è felicissima per me e, quando l'ha saputo, mi ha detto che ho trovato 'la gallina e il suo cumino'.»

Kenza non sorride, guarda la sua amica che crede di aver preso due piccioni con una fava: la gallina e il suo cumino, come si dice in *darija*.

Fatiha rompe il silenzio e, con voce diversa, distante, dice: «Non ho tempo per cincischiare, non sono nata con la camicia. Questo matrimonio significa la fine dei miei guai». Volta le spalle a Kenza, va nella sua stanza. Al suo ritorno, il bianco dei suoi occhi è diventato rosso.

«Scusami, Fatiha. Congratulazioni.»

59

Kenza alterna le mattinate trascorse a dormire a quelle in palestra. Non si è ancora cercata un lavoro. A maggio, prima di andare a Kabila, comincia a pensarci. Nadia le ha parlato di un'associazione di marocchini che hanno studiato in Francia. Tornati in Marocco, sono tutti ben piazzati in varie società internazionali. Kenza detesta questo genere d'incontri, ma non vuole che sia suo nonno a trovarle un lavoro. Chiede a Nadia il nome dell'associazione. *Ritorno alle origini.* Fa una smorfia, cerca informazioni su Internet, nessun sito, solo una pagina Facebook. Kenza si costringe a fare clic su unisciti al gruppo e poi spegne il computer. Il giorno dopo, riceve un messaggio da un certo Yazid.

Ciao! Ho visto che hai fatto Scienze politiche (c'è scritto sul tuo profilo Facebook). Direi che puoi essere dei nostri. Per tua informazione, i membri del gruppo hanno frequentato uno dei seguenti istituti: Polytechnique, Centrale, Les Ponts, Les Mines, HEC, ESSEC, ESCP, Sciences Po Paris. Stasera, alle sei, appuntamento al Villa Bianca, vicino al Mégarama, per un aperitivo. Conoscerai un po' di bella gente. Sono ottocento dirham per il buffet, dolci e vino compresi. A dopo.

Kenza si diverte a farsi bella. Davanti alla porta del Villa Bianca, fa cenno ad Ali di andarsene. Raggiunge un'ampia terrazza con tende di seta. Una donna dall'espressione accigliata spulcia l'elenco che ha con sé. « Nome? »

« Chérif Falani. »

« Prego. Può pagare direttamente al bar. »

Lei si fa strada, imbarazzata, tra una decina di tavoli. Tovaglie bianche, calici da vino, posate ed etichette con nomi e cognomi. Molti vestono di bianco. Casual chic. Lei, col suo abito nero, è un pesce fuor d'acqua. Mentre paga alla cassa, sente un colpetto sulla spalla. Un uomo sulla quarantina le tende la mano. « Ciao, sono Yazid. Sono stato io a scriverti. Benvenuta tra la crème de la crème. »

Verso mezzanotte, Kenza chiama Ali. « Vieni subito, per favore. » L'autista arriverà in dieci minuti, il tempo di salutare le persone che lei ha conosciuto durante la serata. Le danno tutti i loro biglietti da visita, lavorano chi nell'ambito della consulenza, chi nel campo del diritto o della finanza. Mentre si dirige verso l'uscita, fatica a camminare. Per apprezzare la conversazione, ha avuto bisogno di consumare diversi drink. Cerca di ricordare qual è stato il momento preciso in cui l'alcol le ha preso la mano. Forse quando Yazid le ha chiesto se aveva il passaporto bordeaux, lei ha scosso la testa e lui non le ha più rivolto la parola per tutta la sera? O quando ha cercato d'intromettersi in una discussione politica che le dava fastidio? O forse, ancora, quando ha cercato di dare un consiglio di cuore a Ghali, il tizio seduto alla sua sinistra? Lui non osa confessare i suoi sentimenti alla collega e Kenza gli ha suggerito di regalarle delle rose. La reazione di Ghali l'ha sorpresa: « Fiori? Mi hai preso per un Jean-Claude qualunque? *Ewa safi*, lascia stare, ci manca solo questo. Le offrirò un caffè e le chiederò se è single. Oppure chiederò direttamente la sua mano al padre, lo conosco. Non c'è niente di meglio delle vecchie tradizioni ».

In macchina, lei ha le vertigini. Una fitta nebbia le ha invaso i pensieri. *Finirò per apprezzare gli ambienti di questo tipo, e il vino mi aiuterà*. Un istante dopo, sta già vomitando.

60

Più i suoi piedi affondano nella sabbia del Nord del Marocco, più si sente risucchiare dall'infanzia. Il vento attenua il caldo, Kenza cammina a lungo, spingendosi inconsapevolmente oltre Kabila. È l'una e ha la spiaggia tutta per sé. Lei offre il suo corpo, il suo viso, all'acqua. La corrente è timida. Dopo qualche bracciata, ritorna sulla sabbia. Rimane per lunghi istanti con le palpebre chiuse. Le voci di due adolescenti la riscuotono: « Ehi, bellezza, tutto bene? »

Lei li ignora. Loro si avvicinano. Kenza si siede, li guarda ridere. La pelle brunita dal sole, devono essere della zona. Uno è molto snello, l'altro paffuto. Entrambi hanno un po' di peluria sul labbro superiore e l'acne.

« Ti piace lo sport? » dice uno di loro in *darija*, posandosi una mano sul pene.

Kenza perde la pazienza. « Andate a giocare da qualche altra parte! »

Loro si avvicinano ancora, ormai disteranno solo quattro o cinque metri.

Lei si alza. « Se non ve ne andate, chiamo la polizia! »

I loro occhi passano dai suoi seni alle sue natiche. « Stiamo solo ammirando il paesaggio! »

Il più grande cambia tono, sibila: « Puttana », le lancia alcuni ciottoli. L'altro rincara la dose: « *Haram! Haram!* » È una pioggia di sassi, gliene arrivano diversi in testa, sulla schiena, la lapidazione sembra durare un'eternità finché una voce maschile non urla, in francese: « Banda di delinquenti! »

Gli adolescenti scappano. Lei non si rialza subito, respira a fatica, tira su col naso. Una mano le si posa sulla spalla e la fa sobbalzare. « Sta bene, signorina? »

Quella voce... Lei la conosce, quella voce. « Karim? »

« Kenza! Ma dai! » L'abbraccia. « Te l'avevo detto che ci saremmo ritrovati! »

Questa considerazione spegne il sorriso a Kenza, che non ha mai digerito il suo « tanto ci ritroveremo in Marocco: non è poi così grande » della loro ultima conversazione.

Karim avverte il suo disagio. « Sono stato uno stupido, ti chiedo scusa. Sono davvero felice di rivederti. »

Kenza sa che è passata molta acqua sotto i ponti. « Ti perdono », dice, e poi si tuffano insieme in acqua.

Kenza non aveva previsto di trascorrere le sue giornate con Karim, invece succede. Nadia Bennis li raggiunge col marito e col bambino appena nato. A inizio luglio arriva anche Bassidi Abbas. Conosce bene la famiglia Bensouda. La loro casa, proprio sulla spiaggia, gode di una fantastica vista sul mare.

Il giorno prima di lasciare Kabila, Karim esce in giardino. Nonostante il caldo soffocante, si trattiene all'esterno. A forza di osservare l'orizzonte senza battere ciglio, gli si offusca la vista. Ricorda il giorno in cui aveva fatto la stessa cosa, a Los Angeles. Rotta verso l'orizzonte. Non aveva battuto ciglio per lunghi interminabili minuti. Il caldo era altrettanto intenso. *Si ripete la stessa scena*, pensa. Poi aggiunge, con un sospiro: *Solo che lì ero libero. Qui, sono prigioniero della mia stessa vita*. Si gira e vede sua nonna dietro la finestra aperta. Sta discutendo con Kenza, ma è lui che guarda con la coda dell'occhio.

Il giorno prima gli ha detto: «Non troverai niente di meglio. Viene da una grande famiglia, *chrifa,* per di più nobile. E poi è molto carina e colta. Che vuoi di più?»

Karim si sfila la maglietta e corre verso il Mediterraneo. Si tuffa, e la differenza di temperatura tra l'aria e l'acqua lo fa rabbrividire. Qualche bracciata, prima boa, ancora uno sforzo, seconda boa. Vi si aggrappa come, da piccolo, faceva con suo padre. In quel preciso istante, un ricordo s'insinua tra lui e il mare: il padre, al telefono, poche settimane prima del suo ritorno in Marocco. «Pronto, figliolo? Per quando avrai finito negli Stati Uniti, tuo nonno e io ne abbiamo parlato e abbiamo deciso che rientrerai a Casa. Comincerai come responsabile della nostra azienda d'import-export vicino a Tangeri, e da lì farai la tua scalata all'interno del gruppo, come ho fatto io alla tua età. Diventerai un uomo. A giugno torni qui, ti sposi e ci dai un nipotino.»

Karim si tuffa di nuovo. Sciacquare testa e cuore. Restare in acqua per sempre, aggrappato a questa boa per non affogare.

Quella stessa sera, invita Kenza a cena. Le ha portato un mazzo di rose. Lei prende i fiori, li annusa. Non hanno odore. Le chiede se nella sua vita c'è già qualcuno. Kenza distoglie lo sguardo: vorrebbe rispondere di sì, che si chiama Alexandre, invece dice di no. Sul volto di Karim si allenta la tensione.

« Allora che ne pensi di darci una seconda possibilità? Le nostre famiglie si conoscono e si stimano. E noi due stavamo bene insieme, no? »

61

Il Ramadan cade in estate. A Kabila, Kenza lo inizia senza digiunare, poi finisce per fare come gli altri. Il commento di Nadia – « Alla fine la tua è una provocazione inutile » – la rimette in riga. A Casablanca, Mamoun la vede in maniera diversa. Ritornato da Parigi per scelta, senza rimpianti, ha fretta d'iniziare la sua vita vera, quella in cui tradurre in azione le teorie lette nei libri. Diverse settimane prima del suo rientro, ha avvisato i genitori: niente Ramadan, per me. Mai più. La madre ha sospirato, pregando Dio di riportarlo sulla retta via. Il padre ha fatto orecchie da mercante: anche lui aveva fatto lo stesso, alla sua età, e poi tutto era tornato alla normalità, col tempo. L'unica cosa che Mamoun non si concede, e da tanto, è il sesso. E non per motivi religiosi: la ragione è più profonda, esistenziale. Nella sua stanzetta parigina, ha giurato a se stesso che la sua energia creativa sarebbe stata interamente dedicata alla liberazione dell'uomo dall'uomo. Il suo appetito sessuale deve servire un ideale superiore. La sua bestialità deve sottostare alla ragione umana.

Il secondo giorno del mese santo, entra in contatto con un'associazione di giovani che, come lui, ne hanno avuto abbastanza del Ramadan. Soprattutto, sono stufi marci di essere obbligati a digiunare. Obbli-ga-ti. « Adesso ci si mette anche McDonald's. È il colmo, no? Hai visto il loro manifesto? 'Informiamo la gentile clientela che in loco possono essere serviti solo i bambini e gli adulti non musulmani.' Ipocriti capitalisti americani dei miei coglioni! » ha sbraitato uno dei membri dell'associazione. Che sia per ribellione adolescenziale contro l'autorità o autentica convinzione personale, il gruppo si è dato come nome « Non digiuniamo » o *Maṣayminch*, in *darija*, in modo che tutti capiscano immediatamente il motivo della loro rabbia. Dopo aver aspirato una boccata dalla sigaretta, il tizio ha spiegato qual è l'obiettivo: « Abrogare l'articolo 222 del codice penale, quello che obbliga tutti i musulmani marocchini al digiuno, pena la prigione. Senza passare dal via. E senza guadagnare ventimila dirham. Non stiamo giocando a Monopoli, cazzo! » Insomma, parlano la stessa lingua di Mamoun, e infatti non hanno nemmeno avuto bisogno di convincerlo perché, in sostanza, lui li ammira ed è suo preciso intento entrare a far parte del gruppo: vuole dare il suo contributo alla liberazione della coscienza del Paese, non può lasciare il regno nelle mani degli islamisti.

Segue alla lettera i precetti del gruppo: mangia, beve e fuma in pubblico. Finisce al posto di polizia solo una volta ma, dopo dieci minuti, l'autista si presenta per portarlo via: suo padre ha fatto le telefonate giuste.

A cena, i genitori si comportano come se nulla fosse. No, davvero, la polizia non è un problema. La vera sorpresa, per Mamoun, è la reazione del popolo marocchino, di quelle stesse persone che si è dato il compito di salvare. Gli amici d'infanzia lo evitano. Eppure, hanno studiato tutti all'estero, seguendo il Ramadan solo così, alla leggera. Ora che sono rientrati in patria, però, si conformano al digiuno prescritto dalla legge con uno zelo religioso maggiore di quello dei loro genitori. Al di là degli amici, a lasciare di sasso Mamoun sono le reazioni dei passanti. Ogni volta che si accende una sigaretta durante le ore di digiuno, riceve sguardi sgradevoli e improperi come «carogna» o «devi bruciare all'inferno». Le donne abbassano gli occhi e accelerano il passo. Un giorno, un uomo della sua età gli dice, in francese con accento perfetto, dal quale Mamoun deduce che abbia frequentato un liceo francese: «Chi ti credi di essere? Siamo in un Paese musulmano. Se vuoi la laicità, chiama il tuo autista, fatti portare in aeroporto e sali sul primo aereo per Parigi. Questo Paese non ha bisogno di gente come te, lurido maiale». Dopodiché, l'uomo gli sputa in faccia. Letteralmente.

A Mamoun non è mai successo che gli sputassero addosso. Lo sputo gli arriva sulle labbra. Senza sapere nemmeno perché, reagisce in un modo strano, tirando fuori la lingua per assaggiare la saliva dello sconosciuto. E non dimenticherà mai il sapore di quello sputo. Un sapore salmastro. Ci mette qualche istante - un'eternità - ad analizzarlo. Poi ha un conato di vomito.

Passo dopo passo. Come nella storia della caverna. Il Paese capirà, alla fine. E poco importa se dovrò bere la cicuta, si dice, riprendendo fiato prima di tuffarsi nella folla.

62

Fatiha partorisce l'ultimo giorno del mese sacro. Cresciuta nella superstizione marocchina secondo cui nascere o morire durante il Ramadan porta fortuna, lei lo prende come un segno di buon auspicio. Youssra dà la notizia a tutto il Marocco tranne che a Kenza. Quando la veggente viene a sapere che il bambino, in realtà, è una femmina, aggrotta le sopracciglia e dice: «Certo che è una femmina. A cosa dovevano servire, se no, le pozioni che hai bevuto?»

Fatiha si stringe nelle spalle, solo gli specialisti capiscono certi misteri. Quando Marcos entra nella stanza, cambia argomento. Si sono sposati pochi giorni prima del parto, alla presenza di un *adoul* e di testimoni maschi. C'erano anche Milouda, Youssra e la veggente. La *chouafa* ha bruciato l'incenso e recitato preghiere, mentre Marcos pronunciava la formula che lo avrebbe convertito all'Islam: «Attesto che non c'è altro dio all'infuori di Allah e che Maometto è il suo profeta ».

Kenza non ha partecipato al matrimonio, ma ha interrotto le vacanze non appena ha saputo del parto. Guarda il viso della bambina, le dà un bacio sulla fronte e poi la rimette nella culla, sotto lo sguardo inquisitore di Youssra. La piccola dorme profondamente. Quando Kenza le accarezza la guancia, è scossa da un fremito che strappa un grugnito a Youssra. Kenza esce dalla camera e raggiunge Fatiha e Marcos in soggiorno. Fatiha, questa volta in francese, le dice che ha intenzione d'iscrivere sua figlia in una scuola francese, perché segua il suo esempio.

Marcos tossicchia. « C'è ancora tempo, mia cara, ed è possibile avere di meglio magari col sistema spagnolo o americano. »

Fingendo di non averlo sentito, Fatiha prosegue: « Com'è andata a Kabila? Non dimenticherò mai il giorno del mio diciottesimo compleanno ».

Kenza risponde che quel posto ha sempre il potere di ridarle la carica, e che lì ha ritrovato Karim Bensouda. È cambiato, le dice. È più maturo. Fatiha rischia di strozzarsi, mentre Kenza continua: « Siamo di nuovo insieme. Chi l'avrebbe mai detto? »

Fatiha impallidisce. Kenza imputa la reazione alla stanchezza, si alza per andarsene. Marcos la accompagna all'ascensore. Lei ne approfitta per chiedere, a bassa voce: « Dottore, ho una domanda che le sembrerà strana. Quanto costa ricostruire l'imene? È doloroso? » Ha mantenuto l'abitudine di dargli del lei.

Sorpreso dalla domanda, che di certo non si aspettava, Marcos non riesce a nascondere lo stupore. Non può fare a meno di provare compassione per Kenza. Conosce troppo bene questo Paese e sa che, nonostante i soldi, gli studi prestigiosi e il cognome importante, una donna rimarrà inevitabilmente intrappolata dal sistema, in un modo o nell'altro. Imbarazzato, risponde: « Mi sono sempre rifiutato di eseguire quel genere d'intervento. Tuttavia posso metterla in contatto con un collega che ha una certa esperienza in materia ».

« Non è per me, è per un'amica », specifica prontamente Kenza. « La prego, mi mandi il suo numero », conclude, infilandosi nell'ascensore.

Una volta in macchina, ripensa alla discussione con Nadia e Karim sulla verginità. Nadia è stata irremovibile: una donna deve arrivare vergine al matrimonio. Proprio mentre stava per replicare, Kenza si è vista anticipare da Karim, che si è detto perfettamente d'accordo. E, quando lei ha chiesto se lo stesso dovesse valere per gli uomini, lui ha risposto, divertito: « Piccola mia, è diverso, un uomo non può mica controllarsi. »

Proprio una risposta da stronzo, ha pensato Kenza in quel momento. Ma poi Nadia ha aggiunto che era ovvio, che non faceva che ripeterlo alle sorelle più piccole e che lei, Kenza, non poteva certo insegnare loro la vita solo perché ha studiato a Parigi, e poi insomma, gli umani non sono cani e ci sono regole da rispettare, e che cavolo. A quel punto, smarrita ogni certezza, Kenza ha ricordato a Karim come l'avesse pregata di andare a letto con lui, ai tempi delle superiori. E lui ha risposto che era giovane e stupido, allora, e che lei aveva fatto bene a rifiutare. Infine, ha aggiunto: « Per quello che mi riguarda, mia moglie dovrà essere vergine. Di buona famiglia, insomma! E, se non lo è, non voglio saperlo. Che trovi una soluzione, tipo ricostruirsi l'imene. Non è un problema mio ».

63

Quando Marcos riporta la discussione alla moglie, lei stenta a crederci: Kenza? Impossibile. Lei è al di sopra di certe cose! Qualche minuto dopo, però, scoppia a piangere. Marcos cerca di rassicurarla, forse è proprio per una sua amica. Fatiha lo guarda, capisce che non lo pensa davvero, ribatte che gli uomini non sanno proprio mentire nemmeno quando dovrebbero, ricomincia a piangere. Come se parlasse a se stessa, continua a ripetere: « Cosa può averle messo in testa quell'asino? Non può rimanere con lui. Devo raccontarle tutto... Lo devo fare assolutamente... »

La mattina dopo, Kenza viene svegliata da una chiamata. Fatiha. « Devo passare a trovarti subito, è urgente. » Dieci minuti ed eccola comparire, in djellaba e babbucce, due cerchi scuri sotto gli occhi, i capelli arruffati.

Vedendola in quelle condizioni, Kenza le chiede: « La piccola non ti fa dormire? »

Fatiha scoppia in lacrime, le dice che vuole chiamare la bimba come lei, Kenza, perché - deve saperlo - la ammira e le vuole bene. Kenza la ringrazia, non sa come reagire, presa tra la bella notizia e lo sconcerto di vedere l'amica in quello stato.

Poi Fatiha, con voce rotta dalle lacrime, dice: « *Chrifa*... mi dispiace... mi dispiace tantissimo... *chrifa*... ti chiedo di perdonarmi... »

« Cosa c'è? È la prima volta in vita tua che mi chiami *chrifa*. Mi fai preoccupare. »

Tra i singhiozzi, Fatiha le racconta tutto. La festa di compleanno a Kabila in cui si era ingelosita per quel primo bacio; il sesso nel capanno in fondo al giardino all'epoca in cui lui stava con Kenza; i lunghi anni in cui aveva continuato a vederlo; le banconote da duecento dirham lasciate sulla cassettiera. « *Chrifa*, perdonami, sorella mia, *chrifa*... »

Kenza rimane ad ascoltarla senza muoversi. Fatiha finisce con altre scuse, le dice che non avrebbe mai voluto parlargliene ma che ora deve saperlo, perché lui non la merita neanche un po'. Kenza fatica a respirare, vorrebbe solo prendere a schiaffi la donna che si è inginocchiata davanti a lei. Sputarle addosso, almeno. Chiude gli occhi, sente Fatiha piagnucolare: «*Chrifa*... ti prego... *chrifa*... *chrifa*...» Kenza ricorda quello che sua nonna diceva sui *chorfa* e sul fatto che la loro nobiltà si misura dalle azioni che compiono e non dal nome che portano. Sull'importanza del perdono. Vorrebbe urlare che se ne frega di 'sto cazzo di sangue blu, che non vuole dimostrare nessuna nobiltà, che l'unico desiderio che ha è dare un ceffone a quella cagna e poi sbatterla fuori di casa trascinandola per i capelli sporchi. Ma non fa niente di tutto questo. Si limita ad aprire gli occhi e a dire soltanto: «Non voglio vederti mai più qui».

«Pronto? Karim, mi hai tradito con Fatiha durante gli anni delle superiori?»

Disteso su una sdraio, con gli occhiali da sole sul naso, Karim è colto di sorpresa. «Io... Io...» balbetta.

«Ripeto la domanda. È vero che all'epoca mi tradivi con quella che consideravo una sorella? Sì o no?»

«Ascolta, Kenza, amore mio, non è il caso di parlarne al telefono. Sì, è vero. Ma è storia vecchia. Che importanza ha? È una domestica.»

«Sai che è appena diventata mamma di una bambina?»

Karim suda freddo, mentre cerca di fare i suoi calcoli più in fretta che può. «Non è mia. È tanto tempo che non vado con Fatiha, ormai. E poi lo facevamo solo da dietro, non poteva mica rimanere incinta. Lo so come funziona il corpo di una donna!»

64

Alexandre ha svuotato l'appartamento. Libri, lavastoviglie, divani in soggiorno. Ha tirato giù i dipinti, rimane solo quello con la ballerina. Con la sua gamba sollevata sulla sbarra di legno, le ricorda immediatamente Kenza.

È passato ormai quasi un anno da quando lo ha lasciato. Perché il suo profumo è ancora attaccato a tutti i suoi ricordi? Perché il suo profumo è così tenace, perché non è scomparso dall'oggi al domani come lei? La sua debolezza lo fa sentire in colpa. Lei se n'è andata e lui è rimasto lì, con la testa e l'appartamento infestati da tutti quei momenti condivisi. Domani, però, sarà tutto finito. Ha deciso di mettere in affitto il bilocale di suo padre. Andrà a vivere altrove, lontano da questo letto che non smette di ricordargli la sua pelle, da questa cucina in cui hanno fatto l'amore tante volte, da questo divano su cui hanno trascorso ore intere a inventare la loro storia. Alexandre prende una borsa di plastica e butta via i magneti di Kenza. Esita, stacca il dipinto della ballerina dalla parete, lo butta. *Via tutto. Di tutto, devo sbarazzarmi.* Accende la radio e si dirige in camera da letto. Riconosce la melodia fin dalle prime note. *Ce la puoi fare, a non pensare a lei per il tempo di una canzone.* Continua a mettere ordine. « *Elle a de ces lumières au fond des yeux qui rendent aveugles ou amoureux...* » Comincia coi vestiti nei cassetti, li piega uno per uno, li mette in valigia. La voce di Bachelet sussurra: « *L'amour pour elle est sans valeur... Por moi, c'est sûr, elle est d'ailleurs* ». Alexandre corre in soggiorno e spegne la radio.

Si siede sull'unica sedia rimasta. È buio. Si alza, raggiunge l'interruttore, lo preme. Niente luce. I suoi occhi, ormai abituati all'oscurità, risalgono di qualche centimetro: il chiodo cui era appeso il dipinto della ballerina. Gli si serra la gola, mentre gli occhi si riempiono di lacrime. « Sono stanco », dice tornando in camera da letto. Per la prima volta da un anno, gira intorno al lato del letto in cui dormiva Kenza e guarda il comodino. È vuoto. Prima di andare a dormire, ci posava un bicchiere d'acqua. Fa scorrere l'indice sul piano pieno di polvere.

Apre il cassetto, aggrotta la fronte. È rimasto un libro: *Lo spleen di Parigi*. Kenza se lo portava dietro ovunque. Sfogliando le pagine ingiallite, vede una serie di annotazioni scritte a penna nera. Tre piccole buste scivolano dal libro e gli finiscono sulle ginocchia. Una è bianca. Un'altra è blu. La terza è rossa. Le apre e riconosce la grafia di Kenza. Le sue mani sono percorse da un tremito quando comincia a leggere: « Cara Mamizou... »

Kenza spegne il computer, prende le chiavi e si dirige verso il garage. In corridoio incontra due colleghi che saluta con un sorriso, buonasera, a domani. Una volta nel seminterrato, si guarda intorno in cerca dell'auto. Ha preso la patente a settembre e, da allora, non vuole più farsi accompagnare da Ali. Grazie al generale Alami, suo nonno le ha trovato un posto come project manager in un'azienda alimentare. Lavorare tanto le permette di non pensare. Dall'incidente di agosto, non ha più rivolto la parola né a Karim né a Fatiha. Entrambi hanno provato più volte a contattarla. Ma lei vuole dimenticarli, passare oltre. Non ha più rivisto nemmeno Nadia. Aveva bisogno di un nuovo inizio.

Boulevard Gandhi è congestionato. Kenza accende la radio e ascolta distrattamente le canzoni *chaâbi*. Dice di no con la mano ai ragazzini che vogliono venderle chewing-gum, alle donne incinte che le chiedono un dirham. Ha imparato a indossare i paraocchi: Casablanca è un'ottima insegnante. Dopo il semaforo, il traffico si fa più fluido. Non vede l'ora di farsi un bel bagno. Davanti al garage di casa, allerta Ali col cercapersone perché le apra la porta e la faccia entrare. Milouda la vede arrivare. « *Salam, chrifa*. Il tuo ospite è nel salone con lo *zellij*. Gli ho servito tè e dolci. »

« Quale ospite? Non aspettavo nessuno », dice Kenza, sorpresa.

« Non ci ho capito niente, parla soltanto in francese. Mi ha ripetuto il tuo nome dieci volte, perciò l'ho fatto entrare. »

Kenza posa la borsa sul tavolo e si prepara a sorridere a quest'ospite inatteso. Prima ancora di scoprire di chi si tratti, butta lì un « buonasera! » Poi rimane come di pietra: seduto sul divano c'è Alexandre. Kenza sposta lo sguardo dal viso alle mani. In una, Alexandre tiene un libro, *Lo spleen di Parigi*. Nell'altra, tre lettere, ciascuna nella propria busta. Una rossa. Un'altra bianca. La terza blu.

Al piano di sopra, Abbas Chérif Falani è fermo accanto alla porta dello studio. Dal punto in cui si trova, riesce a vedere il volto di Alexandre. Per lunghi istanti, ne osserva i lineamenti. Quando sente sua nipote dire « buonasera », sospira. Un silenzio avvolge i due piani della villa. Abbas fa due passi avanti, fino a scorgere meglio Alexandre. All'improvviso, vede Kenza che gli si getta tra le braccia. Distoglie lo sguardo, fa dietrofront e rientra nel suo studio. Afferra la bottiglia di whisky posata lì, su un mobile, riempie un bicchiere, manda giù un sorso, avverte il bruciore alla gola, il sapore amaro. Sbatte il pugno sul tavolo. In cuor suo, sente la voce della moglie. *Lascia che sia lei a scegliere la sua strada,* gli ripeteva, quando parlavano dell'istruzione di Kenza. Abbas guarda il ritratto di sua moglie, ben visibile sulla scrivania. In quella foto - in cui avrà trent'anni - sorride, e Abbas ha sempre tratto il suo coraggio da quel sorriso. Senza smettere di guardarla, dice a voce alta: « Certo che lascerò a lei la scelta. Tanto ha sempre fatto di testa sua ». Chiude gli occhi, richiama alla memoria il viso della nipote, un viso che gli ricorda la moglie, il figlio. Persone care andate via troppo presto. Poi, in un sussurro: « Che viva la sua vita. Tutto il resto è letteratura ».

Dolen Perkins-Valdez

PRENDI LA MIA MANO

« Non c'è diritto più grande per una donna che avere una scelta. »

Una baracca fatiscente, il cui unico fornello è una buca scavata nel pavimento di terra battuta. Civil non riesce a credere che nel 1973 ci siano ancora persone che vivono in quelle condizioni. Eppure è proprio lì che abitano le sue prime due pazienti. Infermiera diplomata, Civil ha scelto di lavorare al consultorio di Montgomery, in Alabama, per aiutare le giovani donne a essere padrone del proprio corpo. Ma di fronte a lei ci sono due ragazzine di tredici e undici anni, che di tutto hanno bisogno tranne che di anticoncezionali. Sono sporche, trascurate, sconfitte. A loro serve un'iniezione di speranza. E Civil ce la mette tutta, andando ben oltre il suo ruolo e trovando un impiego per il padre e un alloggio popolare. Lontano da quella miseria, è come se la famiglia rifiorisse. Ma tutto cambia il giorno in cui Civil scopre con orrore che il consultorio ha inserito le due sorelle nel programma di sterilizzazione. È una prassi comune, soprattutto per le giovani nere e povere, che « non sanno cosa sia meglio per loro ». È un'ingiustizia intollerabile, e Civil non può restare a guardare mentre ragazzine innocenti vengono trattate come animali e private del loro diritto di scelta. Armata di una forza che non sapeva neppure di avere, Civil contatta avvocati, giudici, testimoni. Grazie alla sua determinazione, il caso arriverà fino alla Corte Suprema, cambiando per sempre il corso della Storia... Ispirato a eventi realmente accaduti, questo romanzo è il racconto della straordinaria lotta di una donna per i diritti di tutte le donne indifese, un monito contro i pericoli del razzismo, della demagogia e del paternalismo. Perché ciò che la Storia dimentica è destinato a ripetersi.

EDITRICE NORD

Nguyễn Phan Quế Mai

DOVE VOLA LA POLVERE

Tre vite segnate dalla guerra
Una grande storia di speranza
e redenzione

Il rombo degli elicotteri squarcia il silenzio delle risaie. Poi una raffica di colpi, e il fiume che si tinge di rosso... Trang ha ancora negli occhi l'ultimo bombardamento che ha devastato il suo villaggio, lasciando la propria famiglia senza più niente. E allora lei e la sorella Quỳnh decidono di andare a Saigon, dove per ragazze carine come loro è facile guadagnare. Basta sedersi nei bar a bere con gli americani. La realtà, però, è molto diversa, e solo l'incontro con un ufficiale sensibile e gentile, che la tratta con rispetto, sarà per Trang una luce di gioia. Ma di breve durata.
Phong ha avuto una vita durissima. Fin dalla nascita, ha subito i soprusi e le angherie delle persone. Perché lui è « meno della polvere », epiteto con cui vengono insultati i bambini nati dalle relazioni tra soldati americani e donne vietnamite. E Phong, con la sua pelle nera e i capelli ricci, ha sempre portato le proprie origini scritte in faccia. Eppure, adesso che ha quarant'anni, spera che quel marchio d'infamia possa valere per lui e i suoi figli un visto per gli Stati Uniti. E il suo cammino s'incrocerà con quello di Dan, un veterano tornato in Vietnam per esorcizzare i fantasmi del passato e fare i conti con un segreto che potrebbe distruggere il suo matrimonio...
È stata la guerra a segnare per sempre Trang, Phong e Dan, a costringerli a compiere scelte dolorosissime, che si ripercuotono sulle generazioni successive. Eppure sono proprio queste scelte a legare i loro destini, a permettere loro di superare le differenze e trovare una lingua comune, nella compassione e nella speranza di un futuro di pace.

EDITRICE NORD

Christiana Moreau

LA SONATA PERDUTA

Uno spartito scomparso
Un destino segnato
Due donne lontane nel tempo,
unite dallo stesso sogno

Venezia, 1723. Per le orfane dell'Ospedale della Pietà, la vita è molto dura. Eppure qui alle ragazze viene offerto qualcosa cui pochissime altre hanno accesso: l'istruzione. Inoltre a un ristretto gruppo di alunne particolarmente portate viene data anche la possibilità d'imparare a suonare, sotto la guida di un maestro d'eccezione, Antonio Vivaldi. Ed è proprio grazie alla passione trasmessa da Vivaldi se la giovane Ada si rende conto che non le basta riprodurre meccanicamente brani scritti da altri. Lei vuole usare la musica per dare voce ai propri pensieri e alle emozioni che si agitano nel suo cuore. E lo fa, dimostrando un talento compositivo straordinario. Ma ben presto Ada dovrà rendersi conto che non c'è posto per una donna compositrice e i suoi spartiti, così come il suo nome, svaniranno nel silenzio...
Belgio, oggi. Tra le cianfrusaglie esposte a mercatino delle pulci, la giovane Lionella trova uno scrigno con dentro un diario e uno spartito dall'aria antica. Per lei è un segno del destino: abile violoncellista, stava proprio cercando un pezzo da portare a un importante concorso musicale. E quello sembrerebbe addirittura opera di Vivaldi. Solo leggendo il diario che scoprirà una verità ben più sorprendente...

EDITRICE NORD

Liam Callanan

LA CHIAVE DELLA GIOIA

« Un romanzo che riflette sulle mille sfaccettature dell'amore. »
Booklist

Guardando il sole svanire tra i palazzi di Trastevere, Claire si rigira tra le mani una vecchia chiave e si chiede, per l'ennesima volta, quale sarà il suo destino. Dopo vent'anni passati a crescere una figlia da sola e a lavorare senza sosta, ora finalmente ha il tempo di fermarsi e di dedicarsi a se stessa. E ciò la terrorizza. Quand'è arrivata in Italia, quattro mesi prima, era sicura che quello sarebbe stato il suo ultimo incarico come agente immobiliare: avrebbe venduto il convento che la Chiesa aveva deciso di chiudere e sarebbe tornata negli Stati Uniti per prendere i voti. Poi, però, le cose si sono complicate. E non solo perché le suore del convento, determinate a salvare la loro casa, le hanno proposto di unirsi a loro, raggiungendo così il numero minimo per garantire la sopravvivenza dell'ordine, ma anche perché, più si avvicina il momento della scelta, più Claire si ritrova a pensare a Marcus, il suo amico più caro, l'uomo che le è sempre stato accanto, nonostante le avversità, nella buona e nella cattiva sorte... Dilaniata dal dubbio, Claire si rende conto che l'unico modo per illuminare il suo futuro è fare chiarezza sul passato, a partire proprio da quella vecchia chiave trovata nella cella della badessa. Forse, svelando quel mistero, Claire riuscirà anche ad aprire le porte del suo cuore e a ritrovare la felicità...

EDITRICE NORD

Questo libro è stampato col sole

Azienda carbon-free

Certificato PEFC

Questo prodotto è realizzato con materia prima da foreste gestite in maniera sostenibile e da fonti controllate

PEFC/18-31-226

www.pefc.it

Fotocomposizione Editype S.r.l.
Agrate Brianza (MB)

Finito di stampare
nel mese di agosto 2023
per conto della Casa Editrice Nord s.u.r.l.
da Grafica Veneta S.p.A. di Trebaseleghe (PD)
Printed in Italy